214 - BBR - 10
———————
04

①

la Fille arc-en-ciel

Les personnages de ces contes sont purement
imaginaires

Photo de la couverture:
Frank Wood, Photographie Quatre par Cinq Inc.

Maquette de la couverture:
France Lafond

© Éditions Libre Expression, 1983

Dépôt légal:
1er trimestre 1983

ISBN 2-89111-129-x

PIERRE CHATILLON

la Fille arc-en-ciel

LIBRE
EXPRESSION

DU MÊME AUTEUR

Les Cris, poèmes, 1968. Éditions du Jour, Montréal. Réédition en 1969. Épuisé.

Soleil de bivouac, poèmes, 1969. Éditions du Jour, Montréal. Édition remaniée en 1973. Épuisé.

Le Journal d'automne, récit, 1970. Éditions du Jour, Montréal. Épuisé.

Le Mangeur de neige, poème, 1973. Éditions du Jour, Montréal. Épuisé.

La Mort rousse, roman, 1974. Éditions du Jour, Montréal. Épuisé.

Le Fou, roman, 1975. Éditions du Jour, Montréal. Épuisé.

L'Île aux fantômes, contes précédés de *Le Journal d'automne*, 1977. Éditions du Jour. Montréal. Épuisé.

Philédor Beausoleil, roman, 1978. Éditions Robert Laffont (Paris) et Leméac (Montréal).

La Mort rousse, roman, édition remaniée, 1983. Collection «Québec 10/10», Éditions internationales Alain Stanké, Montréal.

Poèmes, rétrospective des poèmes (1956-1982) regroupant *Les Cris, Le Livre de l'herbe, Le Livre du soleil, Soleil de bivouac, Poèmes posthumes, Blues, Le Mangeur de neige, Le Château fort du feu, Le Beau Jour jaune, Le Printemps, Nuit fruit fendu, L'Oiseau-rivière, Amoureuses*. Éditions du Noroît, Saint-Lambert, 1983.

Valentine

À vingt-quatre ans, Valentine est belle comme un soleil. Ses cheveux blonds sont des flammes souples qui dansent autour de sa tête comme de longs rayons. Nerveuse, toute délicate, quand elle fait son *jogging*, en short rouge, sur le chemin du Bas de la Rivière, elle laisse derrière elle comme un fin poudroiement d'étincelles et les berceurs, sur les galeries, la regardent courir, éblouis, comme si la joie tant attendue depuis l'origine du monde venait enfin de jaillir de la terre.

Valentine, pourtant, est si discrète qu'elle voudrait toujours passer inaperçue, mais chaque fois qu'elle bouge il se dégage de son corps une sorte de pétillement de gaîté et le feu qui l'anime se communique à son entourage. Des soupirants anonymes la harcèlent au téléphone; et lorsqu'elle discute de sport avec un jeune homme, la conversation finit invariablement par se transformer en pathétique déclaration d'amour. «Mais qu'est-ce qu'ils ont tous?» soupire-t-elle, exaspérée.

Valentine, à vingt-quatre ans, est belle comme un soleil qui, au zénith, essaierait maladroitement de dissimuler ses rayons. Et lorsqu'elle rit c'est fête partout sur la terre: on pavoise le monde entier, le malheur et l'angoisse n'ont jamais existé. Ce sont les fusées joyeuses d'un feu d'artifice qui dessinent des fleurs de couleurs sur la nuit. C'est une volée de carouges qui gazouillent dans un arbre, au printemps. Quand elle rit, on ferme un peu les yeux comme devant le scintillement de la lumière sur une rivière. Et quand son amoureux l'embrasse, un tel ravissement illumine son visage qu'on dirait qu'il vient de mettre son nez dans le coeur d'un tournesol et que sa figure en sort poudrée de pollen jaune.

Car Valentine a un amoureux: c'est le beau Robert. Il n'est pas jasant, un peu renfermé sur lui-même sans doute, un peu rêveur mais c'est un bon nageur et un bon skieur. Il enseigne le français à La Tuque et lui rend visite chaque fin de semaine. Amoureux, c'est beaucoup dire; Valentine le considère comme un grand copain, sans plus. C'est une jeune femme moderne: elle a son travail, son auto (une petite Rabbit rouge qu'elle conduit extrêmement vite mais le moins souvent possible pour économiser l'essence), sa maison et son amant. Tout est dans l'ordre. Depuis deux ans, le beau Robert arrive le vendredi et part le dimanche soir: tout est bien réglé. Ils font l'amour «comme des champions» mais sans ces vasouilleuses histoires de coeur que Valentine a en horreur. «Mon coeur, s'exclame-t-elle parmi les crépitements de son rire, je voudrais le mettre au congélateur et ne pas l'en sortir avant dix ou vingt ans!»

Pour Valentine, l'essentiel est de ne jamais perdre la tête. Pour elle le monde est parfaitement logique et elle fait en sorte que dans son vécu rien ne vienne perturber cet ordre. Elle ne fume pas, ne boit pas et s'adonne à de nombreux sports, ce qui lui procure une extraordinaire impression de santé physique et mentale. Parfois, dans ses moments d'euphorie, lorsqu'elle contemple l'équilibre impeccable de sa vie, elle se répète: «C'est de toute beauté!» mais elle n'est pas sans pressentir un petit quelque chose d'affolant dans la symétrie de cette construction savante. Alors, pour solidifier sa position, elle déclare avec fougue: «Je suis une femme sans passion et je suis heureuse ainsi!», affirmation solennelle qui a toujours pour but secret de lutter contre de sournoises infiltrations de mélancolie lui rappelant son désarroi devant le rêve et l'émotion.

Son autonomie, c'est la grande fierté de Valentine; au profond d'elle-même pourtant, elle redoute le cap des vingt-cinq ans, cet âge où la tradition veut qu'une femme non mariée passe dans le camp des vieilles filles. Alors, pour oublier, elle se rend à la roulathèque et file à toute vitesse sur ses patins à roulettes à bottines de fourrure blanche. Elle virevolte, tente de s'étourdir de rythme et de musique disco, mais Valentine ne s'enivre de rien et, de retour chez elle, elle se retrouve face au miroir limpide de sa rationalité, miroir qui lui renvoie une image aux contours méticuleusement dessinés mais dont elle craint parfois qu'il ne s'empare de ses traits et ne les fige pour toujours.

Malgré la splendeur mathématique de son existence devant laquelle elle s'efforce de s'émerveiller «C'est de toute beauté!», Valentine a deux grains de folie qui l'agacent souverainement. D'abord, elle perd constamment ses clés et cela la jette dans de brefs états de panique. En dépit de tous ses efforts, ces menus objets semblent prendre plaisir à la narguer en se dissimulant dans les endroits les plus insolites et rien ne l'humilie autant que ces provocantes dérogations à son contrôle. Depuis deux semaines, toutefois, elle a réglé le problème, du moins pour sa clé de maison, en suspendant celle-ci à une petite chaînette dorée qu'elle porte en guise de collier.

L'autre grain de folie ce sont ses *crises de féminité*: pendant des jours entiers, oubliant le soccer et le flag football, elle est entraînée dans une véritable frénésie de tricotage de châles dont elle ne sait d'ailleurs plus quoi faire lorsqu'elle les a terminés. Et ces jours-là, elle étonne tout le monde à l'école en arrivant vêtue de robes délicieuses, les paupières et les joues légèrement maquillées. Dieu sait pourtant si Valentine déteste le farfelu! Lorsqu'elle porte une jolie robe, elle a l'impression d'être une fleur et elle craint, dit-elle en plaisantant, de se faire cueillir. Elle déteste les embrassades qu'elle appelle du *lichage*, elle déteste les hommes collants, elle déteste les larmoyantes histoires de coeur, elle déteste la couleur rose et elle déteste son nom: Valentine, quel nom extravagant! Ç'avait sûrement été une trouvaille de sa *nounouille* de mère, cette grosse sentimentale! Elle aurait tellement aimé s'appeler Louise comme tout le monde.

Valentine a un amoureux régulier, elle a aussi un travail régulier. Originaire de Pointe-du-Lac, elle s'est installée à Nicolet, il y a deux ans, pour enseigner l'éducation physique dans un collège de jeunes filles dirigé par des religieuses.

Et la chance a voulu qu'elle se trouve une petite maison tout à fait à son goût, en dehors de la ville, sur le chemin dit du Bas de la Rivière. Tout à fait à son goût, c'est beaucoup dire car cette ancienne école de rang transformée en habitation et fraîchement peinturée en vert est surmontée d'un pignon rose que Valentine s'efforce de ne jamais regarder. Et c'est d'autant plus regrettable que le site est magnifique. Chaque jour, Valentine se rend au collège à bicyclette et lorsqu'elle en revient, par ce chemin qui surplombe la rivière, elle aperçoit de loin, avec ravissement, sa petite maison de planches vertes entourée de pivoines, sa fleur préférée. Et ce serait le paradis sans cette hideuse tache rose du pignon.

Ce serait le paradis aussi si les religieuses n'exigeaient pas le port de la jupe. Jusqu'à la fin de l'au-

10

tomne dernier, Valentine a tenu son bout et elle s'est rendue au collège en jeans sur sa vieille bicyclette de garçon utilisée pendant toute son adolescence. Une fois au collège, elle enfilait une jupe laissée au local des professeurs. Ce printemps-ci, toutefois, bien qu'à contrecoeur, et même si ça fait maîtresse d'école, elle a consenti à certains compromis et s'est acheté une bicyclette de fille.

Ce matin, en tirant le rideau de sa chambre, elle a admiré le soleil avec sa bonne figure rassurante car le soleil est son idole: c'est lui le responsable de l'ordre du monde. Ce matin, c'est un jour de juin merveilleux. Valentine s'étire devant sa fenêtre ouverte comme elle aime à le faire à son réveil mais en ne s'abandonnant pas trop tout de même, en ne cambrant pas trop les reins afin de ne pas ressembler tout à fait à une chatte car elle se méfie de ces bêtes qui la font sursauter et envers lesquelles elle se comporte de façon maladroite. Les carouges sautillent sur les branches, poussent de petits cris agressifs, exhibent les taches pourpres de leurs ailes noires parmi les jeunes feuilles des érables luisantes de rosée. Et l'odeur du jour en fleur est si intense que Valentine éprouve un léger vertige. Elle s'empresse de faire ses exercices de culture physique pour se débarrasser de ce malaise mais il reste une sorte de petit grelot de fête dans un coin de sa tête qu'elle n'arrive pas à faire taire tout à fait. Elle sent qu'elle va être en proie à l'une de ces *crises de féminité* qui l'exaspèrent et la ravissent tout à la fois. Elle exécute, énergique, ses mouvements de danse préférés et se met à chanter:

Quand il me prend dans ses bras,
Qu'il me parle tout bas,
Je vois la vie en...

11

elle s'interrompt incapable de dire «rose» à cause de la couleur détestée; alors elle fait abstraction des paroles, qu'elle juge d'ailleurs idiotes, et reprend la mélodie en sifflant.

Sans presque s'en rendre compte, elle se retrouve vêtue de la plus fantaisiste de ses robes, une très jolie robe de coton jaune à col de dentelle, à manchettes de dentelle, à volant de dentelle. Elle prend plaisir à tourner devant son miroir, chausse de délicats souliers ajourés puis elle s'empresse de sortir dans la lumière. Elle a planté deux pieds de dahlias près du perron et elle se sent si joyeuse, brusquement, sans raison, parce qu'elle est jeune et parce qu'il fait beau, qu'il lui prend l'envie d'aller donner ses cours avec un gros dahlia rouge de chaque côté de la tête, piqué dans ses cheveux nattés en macarons. Mais elle se garde bien d'une telle excentricité et court jusqu'à sa boîte aux lettres rouillée, comme elle le fait chaque matin, par une sorte d'émerveillement enfantin, pour le simple plaisir de se dire: «J'ai ma boîte aux lettres» car elle n'y trouve jamais que des comptes de téléphone à La Tuque et le volumineux hebdomadaire régional.

Ce matin, pourtant, il y a dans la boîte une enveloppe sur laquelle on a écrit: À VALENTINE LA PLUS FINE. La jeune femme la regarde, intriguée, puis elle retourne s'asseoir à sa table de cuisine pour lire ce curieux message en prenant son petit déjeuner. Elle s'apprête à croquer dans une pomme mais ses dents s'immobilisent dans le fruit lorsqu'elle sort de l'enveloppe trois feuillets rédigés par Robert. Valentine s'étonne d'autant plus que son ami ne lui a jamais écrit auparavant.

Chère Valentine,

J'adore causer avec toi — et surtout t'écouter parler car tu es beaucoup plus volubile que moi... — et pourtant aujourd'hui je t'écris car je ne serais pas capable de te dire ce qu'il faut absolument que j'arrive à formuler.

Je voudrais tellement ne pas t'aimer, j'ai tellement essayé depuis deux ans de ne pas trop t'aimer afin que nous restions simplement copains mais, depuis Noël, je ne suis plus maître de mon coeur. (Valentine suffoque: «Le coeur, le coeur, déjà les grands mots! Quel maladroit ce garçon lorsqu'il se met à faire du sentiment!» Elle refuse de lire la suite de ces épanchements qui la hérissent mais sa curiosité insatiable lui tient les yeux rivés aux feuillets.) *Je me déteste, je veux te voir, te fuir, je ne sais plus comment agir et, en ce moment, je ne sais pas comment t'écrire. Et pourtant, oui, je t'aime, je ne peux plus continuer à le nier.*

Valentine, tu es belle comme un tournesol, tu es belle à croquer, j'ai le goût de toi comme d'un beau fruit, tu es la femme de ma vie, la perle rare (elle échappe sa pomme sur le plancher. Vivement contrariée, elle veut tout déchirer. «La femme de ma vie, la perle rare, quelles formules idiotes, quelles mièvreries! Quand on n'a rien de plus original à dire, on ferait mieux de se taire!» Comment n'a-t-elle pas réalisé plus tôt l'insignifiance de ce garçon? «Un tournesol, une perle, un fruit, quel fouillis! Si c'est bête! Et stupidement illogique!») *Tout me séduit en toi, tu es la merveille! Mais depuis deux ans je n'ai pas osé te dire que je t'aime de crainte de t'effrayer et sachant que si je te perds je ne parviendrai jamais à te remplacer. J'ai préféré te voir souvent sans te révéler mon amour plutôt que de te perdre en entier en me déclarant. Et voilà, maintenant, c'est fait. Je suis*

13

couvert de ridicule, il ne te reste plus qu'à rire, d'ailleurs tu le fais si bien...

Mais mon amour pour toi est tel que même si tu te moques de moi je trouverai encore le moyen d'admirer la beauté de ton rire qui est l'un de tes plus grands charmes et que tu resteras toujours pour moi Valentine la plus fine.

Robert

La tête de Valentine bourdonne comme si tous les insectes matinaux venaient d'y entrer avec les petits violons d'or de leurs ailes. Elle tremble, elle titube, elle va éclater en larmes tant elle rutile de bonheur, mais elle se ressaisit avec fermeté. Elle en a oublié de manger, elle va se mettre en retard à l'école. Et brusquement, par une réaction de défense, elle enlève sa robe jaune, enfile ses jeans, son t-shirt gris portant l'inscription SPORTS EXPERTS et chausse ses souliers de *jogging*. Elle met les lunettes de corne qu'elle porte parfois pour se protéger contre les amoureux trop entreprenants, saute sur sa vieille bicyclette dix-vitesses de garçon et fonce vers le collège.

Valentine pédale avec énergie. À un moment, elle fait le geste de s'arracher le coeur, le regarde avec dégoût et le lance dans la rivière. Il lui semble qu'elle l'entend tomber dans l'eau avec un *plouf*! mais elle hausse les épaules signifiant que le sort de son coeur est le dernier de ses soucis. Elle s'efforce de nier la nature qui chante autour d'elle. Elle n'a pas besoin de regarder d'ailleurs car elle la connaît bien cette route qui sépare sa maison de l'école, cette route en lacet qui suit le cours de la rivière pendant deux kilomètres avant de pénétrer dans la ville de Nicolet sous le nom de rue Notre-Dame.

C'est une route paisible, bucolique; dans l'une des courbes, en face de l'antique maison en pierres des champs d'une vieille femme qui vit seule avec ses chats et dont on aperçoit parfois la tête grise épiant derrière un rideau défraîchi, dans cette courbe où le chemin penche vers la rivière, Valentine porte une main nerveuse à son cou et constate avec effroi qu'elle a une fois de plus perdu sa clé. Elle a dû l'oublier à la maison, tantôt, en se changeant avec trop de précipitation, mais elle n'en est pas certaine et la panique, brusquement, s'empare d'elle.

Et voici que la route n'est plus seulement inclinée mais qu'elle pivote sur le côté jusqu'à devenir verticale. Valentine accélère avec fougue, mais deux hirondelles voletant près de sa tête agrippent ses lunettes entre leurs petites pattes et s'enfuient à l'horizon. Sans clé, sans lunettes, Valentine est désemparée. Elle frissonne à l'idée que la maison de la vieille dame, maintenant au-dessus d'elle, à gauche, peut déverser sur elle des paquets de grands chats flasques et moustachus. Et soudain, le cadre de sa bicyclette se colore en rose fluorescent, la roue avant se met à grossir, à grossir, la roue arrière rapetisse donnant à l'ensemble l'allure clownesque d'un de ces étranges vélos du début du siècle. La route continue sa rotation et la jeune femme se retrouve tête en bas. Les broches des roues se tordent, s'entrelacent et bientôt Valentine pédale à toute allure, tête en bas, sur une extravagante bicyclette rose à roues de dentelle. «Faut surtout pas perdre la tête! fulmine-t-elle. D'ailleurs je ne comprends vraiment pas pourquoi je ne tombe pas. C'est probablement la vitesse qui retient ma bicyclette à la chaussée.»

Mais dès qu'elle s'est rassurée grâce à la logique de son raisonnement, elle tombe dans le vide. Ce n'est pas vraiment le vide car, au-dessous d'elle, apparaît un énorme chat angora à longs poils roses qui l'attend, couché sur le dos, les quatre pattes étendues. Valentine atterrit sur le ventre élastique de l'animal et rebondit trois fois comme sur la *trempoline* du gymnase, au collège.

Lorsqu'elle s'immobilise enfin, la plus grande des deux roues de dentelle se détachant de sa bicyclette lui retombe sur la tête la couronnant d'une sorte d'auréole absolument loufoque. Rageuse, elle essaie de s'en débarrasser, mais les rayons se sont emmêlés inextricablement à ses cheveux. Ah! si elle n'avait pas perdu sa fameuse clé, rien de tout cela ne serait arrivé.

Elle tente de se frayer un chemin à travers les longs poils roses qui l'enveloppent comme dans une jungle tandis que le matou l'observe avec ses larges yeux qui sont des fleurs de pissenlits. Soudain l'animal la saisit dans sa patte, la soulève, lui donne un baiser en lui frottant le nez contre son museau mouillé, l'approche de ses babines et se met à lui lécher les joues et le front avec son ample langue de velours.

Valentine, dégoûtée, bat des pieds et des poings, mais le matou continue à la chatouiller avec sa moustache autour des oreilles, sur la nuque, sous le nez. Elle éternue, se hérisse mais, réaction nerveuse qui va à l'encontre de sa volonté, elle finit par éclater d'un rire qui projette dans le ciel des particules de lumière comme des poignées de confettis. Et ce rire semble avoir des propriétés magiques car aussitôt elle se retrouve sur le chemin du Bas de la Rivière. Le gros chat, debout sur ses pattes de derrière, la tient ferme contre sa poitrine; chaussé de patins à roulettes recouverts de fourrure blanche, il ramène Valentine jusqu'à sa petite maison, la dépose sur le perron, l'embrasse une dernière fois du bout de son museau humide puis il disparaît en faisant *pof*! comme une bulle de savon qui crève.

16

Valentine, préoccupée de ne pas arriver en retard au collège, ne perd pas un instant. Elle s'étonne de n'avoir pas verrouillé sa porte en partant et, bien qu'encombrée par la large auréole de dentelle rose toujours accrochée à ses cheveux, elle court jusqu'à sa chambre, soulève ses vêtements, vide les tiroirs afin de retrouver sa clé. Elle cherche sous le lit, sous les draps mais, soudain, le lit se referme sur elle et la jeune femme constate avec horreur que le lit s'est transformé en une sorte de coquillage et qu'il la retient prisonnière comme à l'intérieur d'une huître.

Si encore il s'agissait d'une de ces mignonnes huîtres jaunes rayées de vert, mais non elle est enfermée dans une de ces affreuses huîtres brunes, rugueuses, comme elle en a vu souvent sur le bord de la rivière. «Faut surtout pas perdre la tête. Qu'est-ce qu'on fait quand on est dans une huître? On prend un couteau et on l'ouvre, c'est simple!» Mais elle n'a pas de couteau sous la main et elle frappe, furieuse, contre la coquille. Alors le mollusque se met à sécréter une bave à bulles dont il recouvre Valentine et voici que l'huître s'ouvre comme par enchantement. Valentine s'aperçoit qu'elle est couchée dans son lit mais qu'elle n'est plus dans sa chambre; elle est dehors, sur le perron de sa maison, et le mollusque a pris la forme de ses draps. Malgré ses efforts pour s'arracher à la succion, elle n'a que la tête qui émerge. Et quelle tête, luisante comme du cristal! Pour comble, elle voit s'avancer sur la route ses voisins. Ils s'approchent, l'observent avec de grosses loupes et s'exclament: «Venez! Venez tous! Venez contempler la perle rare!»

Mortifiée à l'extrême, elle donnerait cher en ce moment pour perdre la tête! Elle finit même, contrairement à ses principes, par le souhaiter avec tant de force que le mollusque, brusquement, l'expulse. Elle fait trois pirouettes en l'air, retombe près

17

du lit gluant, se précipite dans la maison, verrouille la porte, baisse les stores.

Il va pourtant falloir qu'elle se rende au collège et que tout rentre dans l'ordre, ça presse! Elle qui n'a jamais été en retard de sa vie... Mais comment faire pour échapper aux curieux toujours assemblés avec leurs loupes près du perron? Elle va passer par la porte arrière et filer en douce par le jardin. C'est peut-être là d'ailleurs qu'elle a perdu sa clé en allant, ce matin, jeter un coup d'oeil à ses pivoines blanches. Avant de sortir, elle se regarde dans le miroir de la salle de bains et constate avec un «ouf!» de satisfaction que l'auréole de dentelle rose a disparu de sur sa tête, mais quelle drôle de figure elle a! Une face ronde, lisse, irisée comme de la nacre.

À pas menus, elle ouvre précautionneusement la porte arrière, descend les trois marches, surveille chacun de ses gestes pour ne pas s'accrocher et donner l'alerte. Au moment où elle va courir silencieusement sur l'herbe et s'éloigner de la maison, elle décide de jeter tout de même un petit coup d'oeil rapide sous les pivoines au cas où elle y apercevrait sa clé. Elle approche sa figure des grosses fleurs benoîtes qui semblent somnoler au soleil engoncées dans leurs collerettes de satin lorsqu'une toute petite araignée attire son attention. L'insecte fait tourner au-dessus de sa tête comme un lasso un fil qu'il décoche en direction de Valentine. Et Valentine le reçoit avec surprise sur le bout de son nez où il se colle si bien que, malgré ses trépignements de colère, elle demeure incapable de s'en libérer. Alors les fourmis noires qui circulent en permanence dans les replis des pivoines s'avancent à la queue leu leu sur le fil, escaladent le nez de Valentine et se répandent sur ses joues où elles dégurgitent de grosses gouttes de jus sucré. Écoeurée, la jeune femme veut les chasser avec ses mains mais ses mains sont devenues de grandes feuilles vertes sur lesquelles elle n'exerce aucun contrôle.

Elle tente de fuir mais de ses souliers de *jogging* sortent de fines radicelles qui s'entrelacent aux brins d'herbe et la retiennent sur place. «Ça doit être parce que je les porte depuis trop d'années, ils commencent à se défraîchir», raisonne nerveusement Valentine. Mais, à la vérité, ils font plus que se défraîchir, ils poussent des racines qui s'enfoncent dans le sol et Valentine sent monter dans ses jambes, dans ses cuisses, dans son ventre, des coulées de sève chaude dont les émanations parfumées plongent son esprit dans un délicieux vertige. Elle se sent devenir molle, langoureuse et pour un peu elle s'abandonnerait à cet étrange émoi mais elle parvient à se ressaisir. «Pourvu que personne ne me voie dans un tel état! Avec de la volonté, je vais m'en sortir.»

Mais à cet instant les deux dahlias rouges qu'elle a refusé de cueillir avant de partir pour le collège quittent leurs tiges comme propulsés par des frondes et s'abattent de chaque côté de sa tête. Ils s'agrippent aux cheveux nattés en macarons, dénouent les tresses et se mettent à crier, agités comme des perruches: «Elle est ici! Elle est ici!» Les voisins, réunis à l'avant de la maison, accourent en se bousculant et contemplent Valentine dont les cheveux, sous leurs yeux, se transforment en longs pétales jaunes. Ses joues, son nez, son front se couvrent de grains de rousseur chargés de pollen. Et elle qui déteste les histoires de coeur, voici que toute sa figure se métamorphose en un coeur d'or de tournesol.

Les voisins, se tenant par la main, forment une ronde autour d'elle. Ils chantent, ils dansent comme à une noce. À chaque tour de danse, ils s'allègent un peu plus et, soudain, il leur pousse de grandes ailes de papillons. Ils prennent leur envol dans la lumière puis, s'approchant de la figure en fleur de Valentine, ils déroulent dans sa direction de longues trompes suceuses qui lui fouillent dans les oreilles et adhèrent à sa peau. Une grosse chenille brune tombée d'un arbre s'abat sur ses lèvres comme un bâillon. Elle veut hurler de colère mais cette grosse chenille au pelage de chat se frôle si gentiment contre sa bouche que ses ondulations caresseuses lui rappellent la moustache du beau Robert et lui procurent un trouble voluptueux. Les fourmis agitent leurs antennes dans ses narines, les trompes des papillons continuent de lui chatouiller la nuque si bien qu'à la fin, incapable de se retenir plus longtemps, Valentine éclate d'un fou rire qui projette haut dans le ciel papillons, fourmis, pollen et pétales.

Et son rire, une fois de plus, la tire d'embarras: Valentine se retrouve seule devant sa maison. Et tout est presque rentré dans l'ordre: plus de voisins, plus d'auréole, plus de tête de perle, plus de tournesol. Seule sa bicyclette s'obstine dans le fâcheux irréel: ses tubes demeurent d'un rose fluorescent et ses roues disproportionnées, à rayons de dentelle, lui donnent toujours l'allure d'un de ces vélos clownesques du début du siècle.

Valentine consulte sa montre. Il lui reste bien peu de temps pour se rendre au collège. Elle hésite à monter sur cet engin loufoque. Elle n'aurait qu'à prendre sa bicyclette de fille mais tout son être, aujourd'hui, s'y refuse. Alors elle saute sur l'extravagant vélocipède, mais cette fois on ne la reprendra plus dans la courbe pivotante. Elle va filer par une autre route, celle dite des 60 qui traverse la campagne, rejoint la route de Port-Saint-François et finit par atteindre Nicolet. Ce trajet l'oblige à un détour d'une bonne douzaine de kilomètres, mais Valentine est en pleine forme. D'ailleurs elle est très fière d'avoir trouvé cette solution et cela lui remonte

20

le moral. C'est vrai, il s'agissait d'y penser. Si un chemin est enchanté, on n'a qu'à en prendre un autre. C'est si simple, c'est logique! Bien sûr, il est arrivé parfois, dans le passé, que, malgré sa constante surveillance, tout se mettait à aller de travers; dans ces moments-là, elle avait l'impression que le cosmos se moquait d'elle; alors elle regardait le soleil, les sourcils froncés, avec beaucoup d'autorité et tout rentrait dans l'ordre. C'est ce qu'elle vient de faire à l'instant, elle a jeté au soleil un regard courroucé comme à un enfant qui fait des bêtises. Et Valentine, heureuse d'avoir retrouvé son contrôle sur l'univers, enfourche son vélo loufoque avec un fier sourire de satisfaction.

Malgré les trous et la poussière, elle franchit rapidement les quatre ou cinq kilomètres de la route des 60. L'air est bon, chaque brin d'herbe, chaque fleur de pissenlits, chaque hirondelle, chaque nuage est à sa place, tout est dans l'ordre: «C'est de toute beauté!» Et la jeune femme, oubliant momentanément ses mésaventures, se remet spontanément à chantonner:

Quand il me prend dans ses bras,
Qu'il me parle tout bas,
Je vois la vie en...

Décidément, elle ne pourra jamais prononcer le mot «rose» sans une certaine répugnance. Alors elle fait une fois de plus abstraction des paroles de la chanson et elle siffle la mélodie avec entrain.

Parvenue à l'endroit où la route des 60 croise celle de Port-Saint-François, elle fait halte un instant à un kiosque de fruits et légumes pour s'acheter une pomme car tant d'émotions lui ont creusé l'estomac et elle n'a toujours pas pris son petit déjeuner.

Elle connaît bien ce kiosque dont l'avant-toit porte en grosses lettres les mots FRUITS et LÉGUMES séparés par une banane de plastique, ce kiosque rassurant où elle vient souvent se pourvoir comme à une petite fête tant les paniers y regorgent de couleurs et de parfums. Le kiosque bourdonne ce matin, comme à l'accoutumée, de longues guêpes noires rayées de jaune qui viennent s'y enivrer de sucres. Le propriétaire à lunettes, jovial, les manches retroussées, lui adresse la bienvenue, l'invite à tout acheter et sort de sa poche une clé pour ouvrir la porte arrière de son camion et en descendre des caisses.

Ce geste, hélas, rappelle à Valentine qu'elle n'a toujours pas retrouvé sa clé et le vertige recommence à s'emparer de son esprit. «Faut pas perdre la tête, faut surtout pas perdre la tête», mais sa tête, justement, se détache de son cou, glisse sur l'épaule et roule dans un monceau de superbes melons où elle est aussitôt couverte de guêpes qui lui butinent les grains de rousseur. Valentine, perdant tout pouvoir sur la solidité de son être, se met à se décomposer par morceaux: ses lèvres se détachent pour aller atterrir parmi les piments rouges, ses yeux tombent dans les piles de gros raisins bleus, ses orteils sont des grappes de petits raisins verts, ses cheveux deviennent les poils dorés des épis de maïs importés, ses seins luisent parmi les oranges, ses joues parmi les pêches duveteuses et les tomates, son pubis se pose dans la boîte à kiwis, son cerveau dans le panier à choux-fleurs, ses épaules dans les aubergines, ses doigts en touffes parmi les échalotes, et toute sa peau se détachant d'elle comme une pelure de banane se métamorphose en feuilles fraîches de laitue, en la pulpe sucrée des prunes, en la chair juteuse des pommes.

Venus de Port-Saint-François, des clients se mettent à tâter les fruits et les légumes, à en admirer les couleurs, à en renifler les parfums. Cruellement blessée dans son amour-propre de femme discrète qui a en horreur les embrassades, Valentine, se rappelant que son rire l'a déjà dépêtrée à deux reprises, s'efforce de contrôler sa colère et essaie de comprendre pourquoi elle se retrouve dans une situation aussi aberrante. Et soudain lui revient en mémoire un passage de la lettre du beau Robert: «tu es belle à croquer, j'ai le goût de toi comme d'un beau fruit». Elle ne peut s'empêcher de pouffer de rire et son rire qui jaillit des tomates, des piments, des échalotes, des oranges, des prunes fait sursauter un enfant qui s'empiffrait à même le goulot d'un ourson de plastique contenant du miel. L'enfant échappe l'ourson, le miel se répand, Valentine en profite pour récupérer tous ses morceaux et les coller ensemble avec le miel. Elle qui déteste les hommes collants, elle rutile, femme de sucres, dans la lumière du jour. Pressée de fuir, il ne lui manque plus que sa tête mais elle est si mortifiée à l'idée d'aller fouiller dans les monceaux de melons pour la retrouver qu'elle remonte sur sa bicyclette à roues de dentelle et, très digne, elle repart, sans tête, par les 60, en direction de sa maison. «D'ailleurs, conclut-elle avec hauteur et nervosité, pour les services que cette tête m'a rendus aujourd'hui, vraiment, je peux fort bien m'en passer et elle ne mérite guère mieux que de finir parmi les melons!»

Il est impensable qu'elle se présente au collège des religieuses, sans tête, ruisselante de miel, entourée de guêpes, sur son vélo clownesque. Le sort en est jeté: pour la première fois de sa vie, Valentine sera en retard. Il importe d'abord qu'elle rentre chez elle et retrouve sa clé pour mettre fin à ces dérapages rocambolesques au royaume du farfelu.

Elle pédale donc sur la route des 60, sans rien voir car elle n'a plus d'yeux. Il ne lui reste guère, comme lien avec le réel, que la chaleur du soleil sur sa peau mais elle ne fait plus confiance à rien et pas même au soleil, son ami de toujours, son idole. Lui, responsable de l'ordre du monde, elle lui trouve aujourd'hui de drôles d'airs narquois et le suspecte de plus en plus d'être de connivence avec tous ces sortilèges qui semblent prendre plaisir à la dérouter et à s'amuser de son désarroi.

Elle pédale sans rien voir, s'en remettant à sa seule intuition, et elle s'étonne de ne heurter aucun obstacle. Elle parvient finalement à proximité de sa maison où une force intérieure l'oblige à quitter sa bicyclette et à descendre jusqu'au bord de la rivière. Là, les deux pieds dans la glaise, la force intérieure la pousse à ramasser un étrange objet. Et dès qu'elle le tient dans ses mains, elle recouvre la vue. Cet objet, c'est son coeur qu'elle avait, un peu plus tôt, lancé dans l'eau où il était retombé avec un *plouf*! Et maintenant il gît échoué sur la grève à côté d'une flaque d'huile et d'une barbote. «Tout de même, s'indigne Valentine, c'est tout de même MON coeur. Et de le voir comme ça, parmi les ordures, tout de même, ça me fait quelque chose.» Elle le soulève, l'époussette du bout des doigts et, dans un geste qui échappe à son contrôle, elle se le dépose sur les épaules, à la place de la tête. Ce n'est d'ailleurs pas un coeur ordinaire qu'elle vient de recueillir sur la grève mais un grand coeur rose frangé de dentelle et qui ressemble à ceux qu'on voit sur les cartes de souhaits de la Saint-Valentin. Et avec ce grand coeur sur les épaules le monde lui apparaît sous un jour nouveau: le ciel est vert, des nuages de plumes y planent comme de doux oiseaux, et le soleil, gonflé de pollen, a l'allure d'une gigantesque fleur de pissenlit. C'est que Valentine, désormais, voit le monde avec les yeux du coeur.

Elle remonte sur la route, entre dans sa maison, fouille dans la cuisine, dans le salon, parmi ses livres

24

et ses disques de chansonniers, mais la clé demeure
introuvable. Valentine commence à être lasse de
cette énigme. Elle est lasse aussi de ses dérives sur son
vélo clownesque. À bout de ressources, elle décide
d'utiliser sa bicyclette de fille et de tenter, encore une
fois, d'atteindre le collège.

Mais elle ne sait plus quelle route emprunter.
Elle reste là indécise jusqu'au moment où la bicyclette, d'elle-même, se met en marche, se dirige vers
les champs, à l'arrière de la maison, et s'engage dans
un joli sentier bordé de violettes que Valentine
connaît bien car elle y va souvent faire du *jogging*;
mais comme elle sait qu'il ne conduit nulle part, qu'il
se perd dans les hautes herbes, elle hésite à laisser la
bicyclette l'y entraîner vers une destination qu'elle
juge insensée. Son insatiable curiosité, par contre,
l'invite à aller jusqu'au bout et, bien qu'en mau-
gréant quelque peu, elle s'abandonne à l'aventure.

Elle entend derrière elle un bruit de grandes
ailes. Elle se retourne et voit sa robe jaune qui vient
vers elle comme un vaste oiseau. La robe plane un
instant au-dessus de la jeune femme puis elle se jette
sur elle et, malgré ses trépignements, elle la recouvre
des épaules aux genoux. Maintenant, Valentine est
vêtue de sa robe à col de dentelle, à manchettes de
dentelle et à volant de dentelle. Elle porte en guise de
tête un gros coeur rose liséré de dentelle. Elle est
assise sur son vélo de fille qui effleure à peine le sol et
l'emporte joyeusement à travers prés. Il lui vient bien
à l'esprit d'interrompre ce voyage délirant mais elle
n'en a plus guère la force et d'ailleurs elle se sent
envahie par une étrange ivresse qui lui fait éprouver
du plaisir à s'abandonner ainsi.

Soudain, elle est tirée de sa rêverie car le sentier,
loin devant elle, se divise et la bicyclette fonce à toute
vitesse vers cet embranchement. À l'orée du chemin
de droite, elle distingue sur un panneau indicateur

25

les grosses lettres du mot SORTIE qui s'allument comme dans les salles de cinéma et Valentine comprend par intuition qu'en prenant cette direction elle va s'arracher enfin et pour toujours à l'univers de fantasmagories dans lequel elle est tourneboulée depuis le matin.

Le chemin de gauche, lui, pénètre sous une tonnelle feuillue. grouillante de petits oiseaux chanteurs. Au fronton de la charmille, peintes par des pinceaux de lumière, brillent les hautes lettres du mot AMOUR. Et dès que le chemin a franchi cette arche, il plonge dans une pente vertigineuse au bas de laquelle se tient le beau Robert, en habit de cérémonie de velours, le cou décoré d'un grand papillon orange en guise de noeud papillon et la tête coiffée d'un haut-de-forme rose tout couvert de fleurs de pissenlits. Pour comble, il fait sauter dans sa main la clé de Valentine qui est devenue une clé en or. Et soudain, avec un beau sourire, il avale la clé et se métamorphose lui-même en clé d'or. Son visage est l'anneau de la clé, son corps en est la tige et ses pieds le panneton.

Tout se passe dans un éclair car la bicyclette file à vive allure vers l'embranchement. Valentine n'a que le temps de jeter un coup d'oeil sur les deux voies. «Lui, ma clé? Non, trop c'est trop! s'écrie-t-elle, insultée. Ça veut dire que si je ne veux plus perdre ma clé je ne pourrai plus jamais me passer de lui? Non, si je tourne à gauche c'est fini, je ne m'en sortirai plus jamais. L'important est de ne pas perdre la tête. Faut surtout pas perdre la tête!» Mais la tête, Valentine l'a déjà perdue depuis belle lurette et lorsqu'elle oriente, résolue, le guidon du vélo vers le chemin de droite, la bicyclette refuse d'obéir à ce contrôle impératif et s'engage à toute allure sous la charmille pépiante d'oiseaux du chemin de gauche. Elle roule sur la pente vertigineuse, frappe un cail-

26

lou, catapulte la jeune femme dans l'air où elle fait trois tours avant d'atterrir dans les bras du beau Robert qui l'enlace et pose sur ses lèvres un long baiser.

Étourdie par sa culbute, lasse de tant d'errances, Valentine s'abandonne au bonheur et éclate de rire: «En tout cas, c'est de toute beauté!» Et parce qu'elle rit, c'est fête partout sur la terre: on pavoise le monde entier, le malheur et l'angoisse n'ont jamais existé. C'est une volée de carouges qui gazouillent dans un arbre au printemps. C'est le scintillement de la lumière sur une rivière. Valentine éclate d'un fou rire éblouissant auquel répond, du haut du ciel, l'éclat de rire énorme du soleil.

Isabelle la bleue

Rivière, ma rivière, ô rivière, ma blonde,
Que je retrouverai partout de par le monde.
Sylvain Garneau

Philippe Bellefeuille rentra les boîtes d'annuelles exposées sur le trottoir devant sa boutique de fleuriste. Dahlias, zinnias, pensées, reines-marguerites, capucines, il les aimait comme des parties de son propre corps car chaque fois qu'il s'approchait d'une plante, il s'établissait entre elle et lui une sorte de communication émotive et des liens presque charnels.

Il fit comme chaque soir, lentement, le tour de la serre attenant à son magasin pour y arroser, rassurer d'une légère caresse et de quelques bons mots ses préférées. La seule évocation de leurs noms était pour lui un enchantement toujours nouveau, une musique qui le transportait dans un univers magique où régnaient l'harmonie, la beauté: cyclamens, coleus, caladiums, voiles nuptiaux tahitiens, palmiers chevelus, bégonias aile d'ange, cactus étoiles dorées, cactus arc-en-ciel, pétunias bonheur, fougères nid-d'oiseau, bourses de dames, fuchsias boucles d'oreilles, larmes de reine, colliers de coeurs, philodendrons à feuilles en violon, vigne rouge à lèvres et la délicate Suzanne aux yeux noirs.

Le choix de son métier s'était fait le plus naturellement du monde car la vie de Philippe était une histoire d'amour entre les végétaux et lui. Enfant, il parlait aux pissenlits, aux marguerites, enfouissait sa figure dans les brins d'herbe comme dans la chevelure d'une petite amie. Et les fleurs, qui appréciaient sa compagnie, lui adressaient des sourires parfumés. À l'adolescence, il se rendait à bicyclette rêver dans les clairières tapissées de mousses d'une forêt. Il y sentait, bouleversé, son sang verdir dans ses veines comme une sève et il s'en était fallu de peu, se répétait-il, mi-convaincu mi-rieur, que ses orteils ne se transformassent en racines juteuses et qu'il ne lui poussât sur la tête, les bras et tout le corps des feuilles, des fleurs et des fruits pourpres grappillés par des oiseaux chanteurs.

À vingt-cinq ans, il avait ouvert une petite boutique à Nicolet, sa ville natale, et avait décidé de passer son existence parmi les fleurs. Pendant la saison d'été, il louait un chalet à Port-Saint-François et s'y rendait chaque soir après son travail.

Ce soir-là, qui se trouvait être un merveilleux soir de juin, Philippe Bellefeuille fila dans sa petite Honda, comme à l'accoutumée, vers Port-Saint-François. Il avait maintenant vingt-huit ans et, sa compagne l'ayant quitté depuis plusieurs mois, il faisait, pour se distraire, après le souper, de longues randonnées à bicyclette. Il se rendait d'abord jusqu'au bout du quai pour observer les pêcheurs puis, dépassant les derniers chalets, à l'extrémité ouest de la plage, il s'engageait dans le joli sentier qui, à la lisière d'un bois miroitant de mares, conduit, quelques kilomètres plus loin, à la rivière Nicolet.

Ce bois, frangé de vinaigriers, de massifs d'églantines et de plantes étranges comme ce tabac-du-diable dont les girandoles jaunes peuvent atteindre, en fin d'été, deux mètres de hauteur ressemble à la fois à

32

un kiosque à musique et à une corne d'abondance. À un kiosque à musique à cause des passereaux, des geais bleus et des volées de carouges qui essaient leurs flûtes, xylophones et picolos comme un orchestre qui se prépare pour un concert; à une corne d'abondance à cause des enchevêtrements de concombres grimpants et de vignes sauvages aux pampres vrillés qui montent à l'assaut d'arbres piquetés de cerises et de cenelles.

Au bout de ce bois s'étend jusqu'à la rivière un pré foisonnant de hautes herbes. Et tout au bord de l'eau, là où s'arrête le sentier, jaillit énorme, fontaine de feuilles au revers argenté, un saule pleureur, dernier vestige d'une propriété dont tous les bâtiments ont aujourd'hui disparu.

Cet arbre exerçait sur Philippe un véritable envoûtement. Il y pensait souvent pendant la journée et le retrouvait chaque soir avec une émotion semblable à celle qu'éprouve un homme s'empressant vers un rendez-vous d'amour. Il régnait sous la ramure immense une ombre bleue presque liquide qui plongeait Philippe dans une béatitude identique à celle qu'il avait connue, enfant, lorsqu'il prenait plaisir à nager au fond du fleuve parmi la caresse onduleuse des algues. Il s'y assoyait sur le banc d'une vieille table à pique-nique abandonnée là et regardait le soleil couchant embrasser de ses lèvres rouges les douces vagues du lac Saint-Pierre avant de se laisser glisser sous l'eau pour y aller dormir.

Ce saule était dénué de toute impression de tristesse car, aux yeux de Philippe, il pleurait de joie dans la lumière. Il l'appelait son *arbre-rivière* car on eût dit que la rivière, montant sur la rive puis dans le ciel en une sorte de geyser, pleuvait ensuite vers le sol en gouttes de feuilles, et cette retombée de gouttelettes frissonnant dans l'air du soir créait une musique étrange comme si les mains du vent frôlaient la harpe aux notes bleues du crépuscule.

La mère de Philippe, qui avait fait quelques études chez les religieuses en vue de devenir institutrice, jouait jadis au piano des sonates de Mozart. Elle avait légué à son fils un amour passionné de la musique et les clients de sa boutique de fleuriste s'étonnaient d'entendre dans sa serre jouer des concertos de Mozart. Et c'était la tendresse de cette musique qui se dégageait des notes feuillues du saule. Philippe connaissait en ce lieu magique la sensation délicieuse de se dissoudre, de se mêler au paysage, de retrouver un bonheur qu'il avait la certitude d'avoir connu dans une vie antérieure, avant que la naissance ne l'eût contraint à errer, solitaire, dans cette forme humaine si éloignée des parfums et des sèves de la terre. Avec quelle nostalgie n'avait-il pas tenté, en son enfance et son adolescence, de se confondre avec les tiges et les corolles, de rompre la distance qui l'isolait douloureusement de la sérénité de la nature.

Et chaque soir, lorsqu'il pénétrait sous le dôme de feuillage, il avait l'impression de reposer dans le coeur même du saule. Et cet arbre rond, ruisselant sur le velours de la nuit, lui apparaissait comme la tête d'une femme enveloppée dans sa somptueuse chevelure de feuilles.

Un soir, sur le chemin du retour — il faisait encore relativement clair — Philippe s'étonna d'apercevoir, à hauteur d'homme, en bordure du bois, suspendue de façon inusitée parmi la frondaison d'un vinaigrier, une gerbe rose de fleurs-de-coucou. Les fleurs-de-coucou poussent en abondance vers la mi-juin étoilant de leurs pétales délicats les prés herbus mais cette touffe semblait s'être envolée sur des ailes invisibles. Philippe concentra son attention sur le phénomène et ne tarda pas à distinguer le beau visage d'une jeune femme mutine derrière ce bouquet qu'elle tenait en guise de masque parfumé. Émanant avec douceur du paysage, elle s'avança vers lui se dégageant sans accrocs, comme par enchantement, d'un massif d'aubépines en fleurs rappelant par leurs dards aigus camouflés sous la verdure cet ornement d'architecture appelé rai-de-coeur à cause d'une alternance de fers de lance et de feuilles en forme de coeurs.

Vêtue d'une longue robe verte à ramages lui permettant, par instants, de se confondre avec le paysage, elle lui souriait de toute sa figure ronde comme une rose aux joues satinées par la fraîcheur du soir. Elle avait vingt-deux ans, s'appelait Isabelle et se faisait souvent, en ce lieu, cueilleuse de mousses, de champignons et de fleurs. Sa vaste chevelure noire s'irisait, tel un plumage, de tant de reflets qu'elle semblait couler, bleue, sur ses épaules comme une source.

Le jeune femme avait elle aussi sa bicyclette. Elle accompagna Philippe jusqu'au bout du sentier légèrement mamelonné et, lorsqu'il s'arrêta pour lui cueillir un bouquet de violettes, elle lui dit, charmeuse: «Ferme les yeux, je vais disparaître.» Philippe ne s'opposa pas à la féerie de ce jeu et, lorsqu'il rouvrit ses paupières, Isabelle la bleue s'était évanouie comme bue par la nuit.

Une dizaine de jours plus tard, Philippe retrouva son amie dans un pré envahi d'herbe de sainte-barbe, cette belle plante à tige ramifiée qui porte des grappes de fleurs jaunes. Isabelle tourna vers lui ses larges yeux bleu-noir comme deux lacs mirant le ciel sillonné d'hirondelles et sa chevelure chantait, onduleuse, tel un ruisseau parmi les fleurs. Elle portait, ce soir-là, sur une longue robe jaune, un délicat tablier tissé de fils entrecroisés, rappelant les vrilles du liseron sauvage, qui flottait autour d'elle comme une résille d'or.

Elle l'accompagna, cette fois, jusqu'à son chalet où ils causèrent longuement, assis dans la balançoire de cèdre disposée sur le sable à quelques dizaines de mètres des eaux du fleuve. Il s'établit entre eux une affection si spontanée, tout semblait si simple, si facile, qu'ils avaient l'impression de se connaître depuis toujours. Philippe avait fait tourner sur son phono le *Concerto pour flûte et harpe* de Mozart et la musique, leur parvenant par la fenêtre ouverte, emmêlait ses séductions à celles de la jeune nuit. À un moment, Philippe entra dans le chalet pour faire jouer l'autre face du disque, mais lorsqu'il revint la balançoire oscillait vide, Isabelle en ayant profité pour disparaître, laissant à la place qu'elle venait d'occuper un bouquet de fleurs.

Le lendemain soir, Philippe retourna jusqu'au saule, se désola de n'y point rencontrer son amie, revint à son chalet, fit jouer le *Concerto pour flûte et harpe*, s'assit dans la balançoire et s'y berça, nostalgique. Lorsqu'il pénétra dans la maisonnette, peu après le coucher du soleil, Isabelle était là, vêtue cette fois d'une longue robe bleue qu'elle appelait sa *robe de vague*. Elle était entrée sans bruit, avait apporté une tarte aux fraises décorée d'oiseaux en pâte et allumé aux quatre coins de la table des lampions aux senteurs de lavande et de citron. Ému, Philippe déboucha une bouteille de vin, fit du feu dans l'âtre et les deux amis prirent place sur des coussins, à proximité de la flamme.

Isabelle avait eu une enfance étrange. Élevée par des parents qui ne se parlaient à peu près jamais, fille d'un père absent réfugié dans son travail et son mutisme, elle avait pris l'habitude d'aller le plus souvent possible chez sa grand-mère qui vivait, à quelques rues de là, dans une haute maison de bois vert. La grand-mère habitait le rez-de-chaussée et Isabelle pouvait hanter à sa guise toutes les pièces abandonnées du premier étage. Sa préférence toutefois allait à la pièce de la façade qui donnait sur une baie vitrée et conférait à l'antique demeure aux plafonds ornés de rinceaux et de fleurons en plâtre l'allure d'un château de rêve.

Elle y avait vécu en princesse de légendes, coiffée d'amples chapeaux à voilette ayant appartenu à son aïeule et vêtue de robes d'antan, avec pour compagnons deux tourterelles, un serpent volant de lierre qui rampait au sommet des murs, des géraniums, des violettes africaines et des aralies aux larges feuilles palmées s'ouvrant comme des bouquets de mains à sept doigts.

La maison, ombragée d'érables, dont quelques fenêtres, closes de persiennes, accentuaient la vétusté, était envahie, sur tout un côté, par une vigne abondante qui grimpait jusqu'au toit et semblait vouloir la métamorphoser en un château de verdure. Isabelle avait douze ans lorsque sa grand-mère qui, en vieillissant, s'estompait de plus en plus parmi les pivoines et les passeroses de son jardin, avait cessé de vivre. Mais l'enfant, assistant aux derniers moments de la vieille dame très douce, avait vu son âme s'envoler sous la forme d'un oiseau et sortir par la fenêtre pour aller chanter dans la nature.

Lorsque des démolisseurs étaient venus raser la maison de son enfance, Isabelle avait senti son coeur se briser; elle avait nié cette destruction et s'était par la suite efforcée de retrouver son château sous les plafonds frissonnants de feuilles du paysage.

Philippe qui l'écoutait parler en observant les ondulations de sa tête bleue et la fraîcheur de ses yeux mouillés comme pétales éprouva soudain un tel émerveillement devant la beauté végétale de cette femme qu'il voulut l'étreindre telle une gerbe de glaïeuls mais elle lui ferma les paupières d'un baiser et s'enfuit en murmurant: «Ce soir, laisse-moi disparaître comme une fée...»

Quelques jours plus tard, lorsque Philippe revint de sa boutique, il trouva son chalet rempli de musique. Il ne verrouillait jamais la porte afin de faciliter les apparitions de son amie et Isabelle l'attendait, en joie, la tête coiffée d'une couronne de pissenlits tressés. Elle avait fixé de petites plumes de goélands à la pointe de ses longues mèches de cheveux et portait une robe blanche semée de points d'or qui lui donnait l'allure d'une corolle de marguerite. Délicate mais toute en rondeurs, elle avait une démarche légèrement chaloupée qui faisait dire à Philippe qu'il aimait la voir *vaguer*. Il l'embrassa avec subtilité depuis la nuque jusqu'aux pieds effleurant à peine la pointe des seins, le ventre et le pubis. Il déposa un baiser sur le bout de son nez et sur chacune des oreilles en murmurant: «Merci». Il dessina d'une caresse à peine perceptible les ovales des joues, des épaules, des seins, des hanches puis se mit à la pourchasser, rieur, autour de la table décorée aux quatre coins d'épervières orange aux tiges pubescentes. Isabelle lui échappait, taquine, roulant des yeux sévères, le grondant: «Monsieur! Monsieur!» mais il se dégageait de tout son corps de telles qualités d'accueil et son sourire moirait de tant de lumière le flot troublant de ses cheveux que Philippe avait le goût de se laisser couler en elle comme on plonge, en plein soleil, dans une rivière.

Elle lui servit un potage aux épinards, des crudités, un doré farci aux oignons et une salade de fruits aromatisée au sherry avec des feuilles de menthe émiettées. Ils burent en entrecroisant leurs poignets comme pour un échange rituel de sang. Philippe se levait souvent pour lui couvrir la figure de baisers. Lorsqu'elle se déplaçait de la table à la cuisine, ses hanches doucement balancées agissaient à la

38

manière des houles, provoquant dans l'esprit du jeune homme un léger vertige. Et chaque fois qu'il emplissait de vin la coupe de son amie, Philippe avait l'impression de se verser en elle.

Isabelle avait fait brûler des morceaux d'encens dans des soucoupes et la nuit chaude, mêlée au chant des vagues, déferlait autour d'eux, par les fenêtres ouvertes, avec des langueurs orientales. Ils dansèrent sur le concerto de Mozart, au centre d'un halo créé par les flammes trembleuses des bougies, et la lune aux pas de soie vint s'allonger comme une belle femme nue sur le divan du salon. Ils dansèrent sur cette musique tout en émois, en soupirs, attentive à ne jamais heurter, qui dit: «Je t'aime» à chaque mesure, qui a l'ambiguïté même de l'amour, toujours au bord des larmes, à la frontière de l'extase et de la détresse. Musique écrite avec des notes de feuilles, des notes de fleurs, des notes d'oiseaux et de rivières. Musique où la harpe et la flûte sont des amants qui s'enlacent, se baisent, murmurent, s'émerveillent l'un de l'autre, se confient des secrets, se prennent avec une tendresse exquise.

À l'andantino, Isabelle et Philippe se retrouvèrent dévêtus, la femme de lune les ayant discrètement dépouillés de leurs vêtements. Les lèvres d'Isabelle se mirent à jouer sur le corps de Philippe comme sur une flûte de chair et ses longs cheveux bleus déployés furent une harpe effleurée par les doigts du jeune homme. Avec la volupté d'une odalisque, la lune aux pas de soie promena délicatement sur leur nudité ses douces mains de lumière afin de faire croître en eux le désir et de les disposer à l'amour.

Ils s'allongèrent sur un sac de couchage déroulé devant le feu de foyer. Un vert parfum de sèves émanait du corps d'Isabelle et Philippe s'émerveilla devant la corolle de sa vulve perlée de rosée parmi les fins poils d'herbe de son pubis. Ils convinrent d'une sorte d'amour magique, conscients que les vrais amants peuvent tout se pardonner sauf d'être en perte de féerie. Isabelle voulut continuer de lui apparaître à sa guise à la lisière des arbustes ou dans des massifs de fleurs et Philippe s'enchanta de cette fantaisie. Accordés à l'éternité de la musique, ils se tenaient unis, les yeux dilatés de bonheur, bougeant peu afin de prolonger le charme de leur étreinte. Mais soudain, incapable de contenir tant de délices, Isabelle se mit à rire, à rire, à rire avec éclat et Philippe fut soulevé comme une barque sur les houles d'une mer en joie.

Au cours des semaines suivantes, ils se retrouvèrent souvent sous la ramure du saule et, lorsqu'aucun promeneur ne déambulait aux environs, ils s'y possédaient avec fougue, dans la lumière, sur une couverture de laine dépliée sur l'herbe.

Isabelle planta des rosiers devant le chalet, et les abords de la maisonnette s'illuminèrent bientôt, sous ses soins, de campanules, de pois de senteur, de gloires du matin bleu ciel à gorge crème grimpant de toutes leurs vrilles jusqu'aux fenêtres.

Elle s'ingénia à préparer ce qu'elle appelait des *festins de château*, servant, sur une table parfois couverte de feuilles d'érables: truites saumonées, crevettes, homards accompagnés de champignons marinés, d'oeufs colorés, de fromages, de tartes aux framboises ou aux poires et pêches aromatisées de gingembre. Et parfois, tard dans la nuit, avant l'amour, Philippe improvisait à partir du thème de *Blue Moon*, de *Somewhere over the rainbow* ou de la *Barcarolle* d'Offenbach sur un saxophone, hérité de son père, dont il avait joué, adolescent, dans la philharmonie de Nicolet.

Isabelle découpa dans un vieux rouleau de tapisserie de beaux oiseaux jaunes qu'elle colla un peu partout, au plafond et sur les murs. Elle disposa ici et là des étoiles de mer, des conques et de grands papillons de rotin peints de diverses couleurs. Elle accorda une attention toute particulière à l'aménagement de la chambre, consacrant des heures et des heures à la confection d'un rideau constitué d'une enfilade de menus coquillages qu'elle suspendit dans l'embrasure de la porte. La manne, la commode et la table de chevet se voyaient constamment enjolivées d'ancolies ou de roses flottant à la surface de larges verres remplis d'eau. Isabelle laissa pendre du plafond une draperie frangée de dentelle constituant une sorte de baldaquin, dissimula des brins de foin d'odeur sous les oreillers et, pour leurs amours bucoliques, elle recouvrit leur *couche de prince et de princesse* d'un couvre-lit bleu sur lequel elle fixa, piquées à la main, des appliques de coton ayant la forme de feuilles de nénuphars ornées de leurs fleurs jaunes.

Elle demeurait au chalet pendant plusieurs jours puis, pour contrer la routine, elle disparaissait comprenant d'instinct que la possession est une rose dont le désir est la longue et superbe tige. Et Philippe s'enflammait pour cette femme qui savait se parer d'absences comme d'autres de leurs bijoux mais qui n'était jamais loin de son coeur.

Il achetait, en autodidacte, des disques vers lesquels l'entraînait son intuition. Il revint, un soir, avec les *Nocturnes* de Debussy et s'enthousiasma pour la pièce intitulée *Sirènes* qu'il enregistra, à plusieurs reprises, sur ruban magnétique afin de se laisser bercer sans discontinuité par cette musique. Dans l'attente de son amie, il écoutait les *Sirènes*, dehors, assis dans sa balançoire de cèdre ou bien au coin de l'âtre attisant rêveusement la braise avec un pique-feu. On eût dit que Debussy, d'un coup de baguette magique, avait estompé les instruments de l'orchestre pour ne conserver que l'essence même de la musique. Flûtes, hautbois, cordes, harpes, voix humaines perdaient toute autonomie pour se fondre en sons fluides, en houles, écume, embruns et doux remous. Et ces harmonies étranges, comme émanées des profondeurs du fleuve, semblaient douées de pouvoir sur le corps d'Isabelle qui prenait forme peu à peu, au gré des ondulations envoûtantes, et finissait par se mouvoir dans toute sa fraîcheur.

Elle venait parfois, vêtue d'une longue robe couleur de salicaires, ses pieds fins dans des sandales retenues par des courroies de tissu rose. Elle venait parfois, couronnée de lotiers corniculés qui brillaient dans ses cheveux comme des grains d'or, habillée d'une robe orange, douce comme pétale de lys sauvage, délicatement relevée sous les seins par un ruban millefleurs. Et Philippe l'attendait avec tant de convoitise qu'il lui arrivait de la prendre avec passion, sans la dévêtir, contre le chambranle de la porte ou sur le coin de la table. Elle adorait se faire aimer ainsi, de façon délirante, les mains de Philippe dansant sur son corps comme des flammes; elle riait à gorge déployée répétant: «Tu es fou! Tu es fou!» puis elle chantait des mélodies délicieuses qui s'exhalaient d'elle aussi naturellement que l'odeur d'une fleur.

Elle appartenait à ce type de femmes tout en lèvres, qui savourent la vie par toutes leurs bouches, dont les formes ne vous laissent plus un instant de paix ni du corps ni de l'esprit tant que vous ne les avez pas possédées, à ce type de femmes-fruits à la chair pulpeuse, dont la peau a le parfum lustré d'une pelure et qui jutent de plaisir à la moindre caresse.

Après chacune de leurs étreintes, toutes les tensions de Philippe s'évanouissaient pour laisser place à une béatitude qu'il n'avait connue qu'en son enfance et son adolescence lorsqu'il s'allongeait dans l'herbe haute ou sur la mousse d'un sous-bois dans l'espoir de se confondre avec la nature. Et le bonheur

42

végétal qu'il éprouvait en s'unissant avec cette femme aux cheveux de source était si comblant qu'il s'étonna à peine lorsque les veines de ses bras et de ses mains commencèrent à prendre l'allure des nervures qui étoilent le limbe des feuilles et lorsqu'en se peignant, le matin, il découvrit de petites feuilles dissimulées parmi ses cheveux. Au lieu de se surprendre de ce début de métamorphose, il se réjouit même de commencer à feuiller.

Par un soir chaud de fin d'été, Philippe découpa des coeurs dans du papier rouge et les disposa sur le tapis de son chalet de façon à constituer un sentier depuis la porte jusqu'à la table puis à la chambre à coucher. Il fit jouer les *Sirènes* de Debussy et se berça dans sa balançoire en souhaitant la venue de son amie. La musique aux puissants sortilèges exerça une fois de plus sa magie et Isabelle ne tarda pas à venir, vêtue de sa *robe de vague*, les bras chargés d'un grand panier qui ressemblait à une corne d'abondance. Elle portait, en guise de pendentif, une minuscule étoile de mer et avait fixé dans ses sourcils de toutes petites plumes jaunes de chardonneret. Elle portait encore, pour ajouter à l'enchantement de son apparition, des bas fort singuliers dont les laines disposées en anneaux lui enjolivaient les chevilles comme d'autant de bagues aux couleurs de l'arc-en-ciel, et chacun des doigts de pieds, orné d'une menue fleur de broderie, se trouvait isolé comme les doigts d'un gant.

Elle servit un potage Louisiane, du pâté de foie truffé, des coquilles Saint-Jacques et des tomates à l'huile saupoudrées de cresson de fontaine. Philippe faisait mine, rieur, de la dévorer de baisers. S'agenouillant devant elle, il lui embrassait la nuque, les yeux, les joues, les seins; à un moment, il se saisit d'elle avec tant d'ardeur qu'elle bascula de sur sa chaise et qu'ils se retrouvèrent en train de s'unir sur le tapis en échangeant des baisers de vin.

Pour la suite du *festin de château*, Isabelle ne remit pas sa *robe de vague* qu'elle laissa onduler dans la pièce. Elle recouvrit son corps d'un grand châle plein d'ajours clairsemé de motifs floraux. Ils dégustèrent du fromage Gourmandise au poivre vert sur de petits pains qu'elle avait elle-même pétris en leur donnant la forme de ses initiales et celles de son amoureux. Et pour dessert, elle servit, couronnées de canards moulés dans de la pâte, des meringues remplies de crème fouettée et de mûres.

Philippe lui fit don d'un disque intitulé *Charme de la harpe* qu'il déposa au centre de la table, près d'un tourniquet constitué d'oiseaux dorés et de clochettes actionné par la chaleur de quatre petites bougies. Sur l'enveloppe du disque, une photographie reproduisait, chatoyante, la fontaine Médicis du Jardin du Luxembourg, et lorsque Philippe fit jouer la première pièce de cet enregistrement, intitulée *La Source*, ce fut comme si les houles douces du fleuve, pénétrant par les fenêtres ouvertes, s'étaient mises à déferler, en murmures mélodieux, sur le tapis du chalet. Et Isabelle, au gré des ondulations bleues de ses cheveux et de son corps, se mit à danser en faisant voltiger autour d'elle les ailes colorées de son châle. Elle n'avait gardé que la petite étoile de mer de son pendentif et que ses bas-gants aux orteils ornés de fleurs, et ses pieds valseurs semblaient être ceux-là mêmes de la nature qui venait de s'incarner sous la forme d'une femme pour envoûter à jamais le coeur de Philippe.

Le jeune homme la souleva dans ses bras comme une vague dérobée au fleuve, l'emporta jusqu'à son lit à la courtepointe semée de nénuphars et s'allongea à ses côtés sur le drap bleu. Il caressa le corps d'Isabelle avec la corolle d'une rose, dessinant des coeurs sur son ventre et sa poitrine avec des pétales retenus sur la peau par des gouttelettes de vin. Puis ils s'unirent avec une infinie tendresse bercés par les harmonies liquides de la harpe et bientôt ils eurent l'impression de voguer sur l'eau.

Au mois de mai, à l'époque de la crue, la rivière Nicolet et le lac Saint-Pierre se déversent sur les terres basses, et les bois riverains offrent alors un spectacle enchanteur car on peut s'y balader, en canot, parmi les arbres. Et voici qu'Isabelle et Philippe, sur le drap bleu de leur lit, se retrouvent comme à bord d'un canot porté par les hautes eaux du printemps. C'est l'aube à peine, les dernières étoiles s'estompent à l'horizon, il règne un calme absolu; le frêle esquif des amants glisse avec grâce sur les eaux lisses comme un miroir où les arbres reflètent leurs cimes renversées. Des canes suivies de leurs petits sillonnent de vaguelettes la surface de l'onde. Des mouettes lentes festonnent de leur vol ramé le velours rose de l'aurore. Le canot glisse parmi les troncs énormes aux branches surchargées de bourgeons qui s'ouvrent, et voici qu'un premier rayon de jour éveille un oiseau dont la chanson émaille l'azur naissant avec ses fines notes d'or. La nuit, soudain, fragmentée par les rayons du soleil, retombe en miettes noires dans les branches et chacune de ces miettes noires se métamorphose en un oiseau qui chante. Et chaque arbre envahi de gazouillements s'érige dans le ciel comme un bouquet de musique. Des volées de carouges modulent en liesse et c'est le rire de la lumière qui danse parmi les cimes. Isabelle, au sommet de la joie, rit et danse, bouquet d'oiseaux, entre les bras de Philippe qui se referment doucement sur elle comme une étreinte de branches.

Le rideau suspendu à l'entrée de la chambre s'anime et rend les sons glauques de coquillages roulés sur la rive parmi l'écume des vagues. Les grands papillons de rotin peints agitent leurs ailes et planent au-dessus du lit. Les oiseaux de tapisserie collés sur le plafond et les murs prennent leur envol jaune dans la pièce en pépiant et le chalet soudain se dissout remplacé par une sorte de charmille, un berceau de verdure formant baldaquin au-dessus des amants.

Et voici que le corps d'Isabelle ruisselle sous les yeux de Philippe qui s'émerveille d'étreindre une rivière entre ses bras, et la tête d'Isabelle, se couvrant de feuilles, prend la forme ronde et somptueuse du saule sous le dôme duquel Philippe aimait tant mettre à l'abri ses songes de bonheur. Ce n'est plus une femme qu'il tient étroitement embrassée contre sa chair mais c'est son paysage favori qu'il couvre de baisers et qu'il possède avec extase. Les cheveux d'Isabelle coulent bleus sur sa poitrine se mêlant aux ondulations douces de ses seins et lorsque le jeune homme plonge ses mains dans cette toison liquide c'est le corps entier de son amie qui s'ouvre pour le recevoir en elle. Il s'allonge avec tendresse sur sa compagne comme un beau nageur se confond avec l'onde. Isabelle l'accueille, l'enveloppe, le berce de toutes ses houles, de toutes ses feuilles et voici que Philippe repose, ébloui, dans le coeur même de la nature, et il ne reste bientôt plus des deux amants qu'une rivière heureuse aux murmures d'amour caressée par les feuilles d'un saule qui pleure de joie dans la lumière.

46

Lac Beauregard

L'homme repoussa la lourde courtepointe et la couverture de laine qui l'étouffaient un peu et, s'accoudant sur son matelas, il regarda les photos de chevaux sauvages collées avec du ruban adhésif au mur de bois de son salon. Il avait trente-cinq ans. Il n'avait pas dormi. Il ne dormait plus guère depuis que sa femme était partie.

Au début, il avait songé à se jeter dans le fleuve, du haut du pont de Trois-Rivières. Puis il avait opté pour la boisson, vidant son flacon de gros gin quotidiennement. Et maintenant, il cherchait refuge, le plus souvent possible, dans les coins sauvages de la nature. Il détenait une réservation pour une journée de pêche au parc de Mastigouche. Le jour se levait. Il allait déjeuner et filer s'enfouir dans la solitude verte de la forêt.

Sa femme était partie au début du printemps, avec les deux enfants, emportant presque tous les meubles. Il avait descendu son matelas dans le salon, l'avait allongé par terre, et s'était mis à décorer les murs avec de superbes photos de poissons, de coraux, de fonds marins et de chevaux découpées dans le *National Geographic*.

Il n'avait rien foutu de tout l'été, laissant glisser sa vie à vau-l'eau. Il venait de vendre ses bêtes à cornes et son quota de lait; il se disposait à abandonner son métier de cultivateur, à quitter sa belle terre du rang de l'Isle, à proximité de Nicolet, mais pour aller où?

Les dernières années, il n'en pouvait plus de vivre avec sa femme, se sentant étranglé par un noeud d'angoisse comme un pendu, bras liés derrière le dos, qui essaierait de se dégager le cou pour respirer. La nuit, parfois, il sortait sur la route et marchait sans but pendant des heures. Lorsqu'il cherchait, n'ayant rien de précis à reprocher à sa compagne, la cause de cette sensation d'étouffement, il se répétait: «C'est peut-être parce que je suis né sur une île, parce que j'ai toujours vécu sur une île...» Et depuis son départ, il avait perdu pied, comme ces alpinistes qui tombent dans une crevasse, qui glissent, un cri figé sur leurs lèvres, sans pouvoir s'accrocher aux parois de glace luisantes comme du verre.

Il se leva, regarda dans le miroir, qui lui faisait toujours penser à un lac, ses yeux d'insomniaque striés de fibrilles rouges. Il s'efforça d'aspirer quelques grandes bouffées d'air pour détendre les muscles de sa poitrine, autour du coeur. Depuis plusieurs mois, il n'était motivé que par une préoccupation obsédante: trouver le repos.

Il attacha solidement sa chaloupe verte sur le toit de sa vieille Toyota Corolla et franchit le petit pont de la Fourche sous lequel la rivière Nicolet se sépare en deux bras pour étreindre cette vaste portion de territoire que les habitants du coin appellent l'Isle.

C'était un de ces jours gris de septembre où le temps, ralentissant sa course, parvient presque à l'arrêter, hésitant entre l'automne et l'été. L'homme savait qu'à cette époque de l'année la pêche serait à peu près nulle, mais il continua de rouler vers les Laurentides et parvint, deux heures plus tard, après avoir circulé sur des sentiers bosselés de pierres, au bord du lac Beauregard qui lui avait été assigné pour la journée.

Il mit sa chaloupe à l'eau, parmi les feuilles de nénuphars, y ajusta son petit moteur cinq forces, et entreprit de traverser le lac qui étendait devant lui l'ovale de sa surface bleue.

Il aperçut, sur la rive, un orignal solitaire qui courait, et il pensa à l'une des photos favorites de sa collection représentant deux têtes de chevaux appuyées l'une sur l'autre pour un moment de détente comme en connaissent les amoureux.

Il s'essaya, un bon moment, sans succès, à la pêche à la mouche. Il agitait sa canne en bambou un peu à la manière d'un lasso, dessinant au-dessus de sa tête des spirales avec sa ligne, et ce sont ces cercles aériens, l'auréolant d'une étrange légèreté, qui lui rappelèrent, curieusement, corolla spectabilis.

De toutes les photographies découpées dans le *National Geographic*, c'est à corolla spectabilis qu'allait sa préférence. Corolla spectabilis était un de ces organismes presque invisibles qui vivent en suspension dans l'eau de mer. Une sorte de méduse minuscule appartenant au zooplancton. Cette créature merveilleuse déployait en guise d'ailes une membrane translucide treillissée ressemblant à ces voilettes portées par les élégantes du temps jadis: une voilette comme celle que l'homme avait vue sur une vieille photo de sa mère, dans l'album de famille. Et sa forme de petit cylindre lui donnait l'allure d'une sorte de vulve volante, de danseuse au corps diaphane, ailée de voiles. Une sorte de papillon des grands fonds marins planant à la dérive, allégé du poids d'angoisse, libéré de toutes entraves. «Corolla spectabilis», l'homme s'amusait parfois à prononcer ce nom insolite comme on répète inlassablement pour sa beauté sonore celui d'une femme aimée.

À force de songer à cette gracieuse petite fée des abysses, l'homme eut l'impression soudain de flotter entre l'eau et les nuages. Il était familier avec plusieurs lacs de cette région montueuse, mais il ne connaissait pas celui-ci, ce lac ovale, sorte de combe de douceur, creux velouté, bien enfoui, à l'abri dans un anneau de montagnes peu élevées et rondes. Et ce paisible paysage, ces courbes de béatitude commencèrent à exercer sur lui leur charme.

Il s'était bien étonné un peu, au centre du lac, d'une large zone circulaire, d'un noir d'encre, sous laquelle devait se creuser un gouffre extrêmement profond, mais c'est la quiétude du lieu qui, maintenant, l'envoûtait peu à peu. Il accédait enfin, comme par enchantement, à cette détente à laquelle il aspirait depuis des mois, et, au bout d'un moment, des noeuds se dénouant autour de son coeur, il connut l'apaisement d'un homme qui repose sa tête entre les seins d'une femme.

Désireux de profiter au maximum de cette accalmie inespérée, il abandonna toute idée de pêche et immobilisa sa chaloupe, à l'extrémité du lac, dans une anse festonnée de mousse. Il s'allongea sur l'un des bancs et ne tarda pas, lui qui n'avait pas dormi depuis si longtemps, à s'y assoupir, bercé par la douceur délicieuse de l'eau qui caressait les flancs de la barque avec les menus baisers de ses lèvres mouillées.

Il dut dormir pendant plusieurs heures car lorsqu'il s'éveilla, en sursaut, le soir était déjà plus qu'à moitié tombé. Quelque chose d'indéfinissable, tout de suite, l'inquiéta dans l'atmosphère du lieu, quelque chose d'enveloppant. Et la panique s'empara de lui comme si quelque grande catastrophe était sur le point de se produire. Il tenta, tirant violemment sur

52

la corde, de mettre en marche son moteur car il devait retraverser le lac pour atteindre son auto mais le moteur refusa de démarrer.

Rentrer à la rame, il pouvait le faire sans trop de peine, lui, habitué aux travaux de la terre, les bras bombés de muscles durs comme ceux des chevaux. Mais voici que le vent, exhalé comme d'une poitrine, anime les hauts fûts des arbres sur le pourtour du lac. Voici que les cimes des conifères, sur les rives, se hérissent pareilles aux longs cils d'un oeil. Et l'homme comprend, dans un éclair d'épouvante, qu'il se trouve à la commissure de cet oeil d'une femme géante aux mille et mille seins de montagnes sauvages.

Il rame en forcené, avec puissance, à grands ahans farouches. Il rame. Il rame. Il atteint, frissonnant de peur, cette zone circulaire du centre du lac qui bouge comme la pupille noir d'encre de cet oeil énorme. Il rame. Il rame. Mais les lourdes paupières de la nuit se referment étroitement sur lui.

Julien Leroux

Le 30 septembre 1982

Ma chère Yvonne,

Je suis très inquiète au sujet de Julien. Je n'ai rien laissé transparaître de mes préoccupations dans les deux cartes postales que je t'ai fait parvenir au cours de l'été, mais aujourd'hui il faut que je parle à quelqu'un. Et à qui pourrais-je mieux me confier qu'à toi, ma meilleure amie, toi sur qui·j'ai toujours pu compter dans les moments difficiles.

Ah! nous aurions bien dû, comme à l'habitude, passer l'été dans les Laurentides! Nous avons là de nombreux amis, tandis qu'ici... Tu le sais, je déteste la campagne, je m'y ennuie pour mourir. Sur ce point-là, Julien et moi sommes fort différents. Lui, il adore la nature; il en a d'ailleurs besoin pour peindre ses paysages. Après une période assez pénible, au début de notre mariage, nous en sommes arrivés à une entente, entente qui semble le satisfaire aussi bien que moi puisqu'elle dure depuis plus de vingt ans: nous passons neuf mois par année à Montréal et nous nous rendons, l'été, à notre chalet des Laurentides. J'y laisse d'ailleurs souvent Julien seul, pour qu'il puisse peindre en liberté, et je vais faire un tour à Montréal qui n'est qu'à un peu plus d'une heure d'automobile.

Mais cette année, Julien voulait absolument venir passer l'été à Baie-Saint-Paul. C'est un endroit fréquenté par de nombreux artistes et qui a inspiré des peintres célèbres. Julien, tu le sais, est aujourd'hui un paysagiste apprécié. Ses toiles se vendent bien. Je me suis dit que ce séjour à Baie-Saint-Paul pourrait lui permettre de rencontrer des propriétaires de galeries, de participer à une exposition, de réaliser des bénéfices appréciables. Bref, cela m'apparut favorable à l'épanouissement de sa carrière et j'ai accepté de le suivre.

Au début, les choses se présentèrent fort bien. Je me suis empressée, comme toujours, de rencontrer les responsables des activités artistiques régionales, j'ai obtenu que Julien participe à un symposium et j'ai négocié la vente de plusieurs tableaux.

Mais au début de juin, Julien est allé visiter l'Île aux Coudres. «J'ai eu le coup de foudre pour cet endroit!» m'a-t-il déclaré avec une exaltation que je ne lui avais pas vue depuis l'époque de nos fréquentations. Et il a décidé de déménager à l'Île aux Coudres. Nous nous sommes installés dans une grande maison de pierres, près du village de La Baleine. «Je vais périr d'ennui, ici», me suis-je dit, les premiers jours, mais Julien semblait si heureux... Il s'intéressait au pittoresque. Il me parlait de la soupe aux gourganes, du pâté croche, du caractère sympathique des insulaires. Il peignit les enchevêtrements de branches des pêches à fascines, le vieux moulin, des croix de chemin, les pyramides de blocs roux de la tourbière, et ces goélettes échouées qu'on voit un peu partout ici et que les habitants de l'Île appellent des *voitures d'eau*. Il alla souvent travailler à Pointe du Bout d'en Bas d'où l'on aperçoit les roches perdues mais c'est finalement l'Islet, à l'autre extrémité de

58

l'Île, qui eut sa préférence. Il ne se rendit plus qu'à cet endroit et c'est à partir de ce moment qu'a commencé sa métamorphose.

Il m'a avoué avoir eu un choc en peignant la roche à Cailla. Évidemment, ça ne te dit rien puisque tu n'es jamais venue ici. Il s'agit d'une grosse roche plate isolée dans les hautes herbes d'une baie, dans un coin particulièrement désert. À cette roche est reliée une légende. Un faible d'esprit, un orphelin nommé Alexis Lajoie, je crois, se serait jadis attaché, toute sa vie durant, à cette roche. Il venait la voir chaque jour, il lui parlait, il s'assoyait sur elle comme s'il eût voulu s'y mettre à l'abri de la cruauté et de la laideur du monde dans une sorte de château ou de forteresse. Bref, une histoire de fou.

Est-ce cette lamentable légende qui a impressionné Julien? Est-ce un changement dû à l'âge? Je ne sais. Une chose est certaine, en tout cas, c'est qu'à partir du 1er août — c'est le jour de son anniversaire. Il a eu quarante-cinq ans —, Julien s'est mis à peindre des tableaux étranges. Ce n'est pas à moi à juger son oeuvre mais la critique, tu le sais, a parfois reproché à Julien de peindre des paysages un peu trop conventionnels. Eh bien! ma chère, à partir du début d'août, je t'assure que sa manière s'est absolument transformée.

Il s'est mis à peindre des nus, exclusivement. Des femmes aux cheveux de feuilles, aux cuisses de vagues, aux bras de branches, aux yeux en forme de roses, aux mains colorées comme des ailes de papillons. Des femmes-oiseaux, des femmes-fleurs. Et surtout, lui qui n'avait jamais travaillé que de façon détendue, au petit bonheur, voici qu'il s'est mis à peindre avec une sorte de frénésie. Ce n'est plus une activité normale mais une question de vie ou de mort. Il ne supporte plus mes commentaires sur ses tableaux, la moindre critique semble le blesser comme une coupure. Il dit de ses tableaux qu'ils sont sa propre chair et bien sûr il ne veut pas plus les vendre que s'il s'agissait de sa propre peau. Il travaille jusqu'à l'épuisement, il se couche et dès qu'il a pris un peu de repos il recommence à peindre. Il perd contact avec le réel. Et puis il devient intolérant. Il ne peut plus supporter que je fasse le moindre bruit.

Il y a trois pièces à l'étage. Celle de l'extrémité droite c'est notre chambre. Celle du milieu est vide. Celle de l'extrémité gauche lui tient lieu d'atelier. Mais voici que ma présence l'importune. Il lui faudrait toute la maison.

Tu sais que je me suis toujours efforcée de le comprendre, de respecter son univers, ses caprices, son culte de l'art. Et il m'a toujours été reconnaissant de mes attentions. Je n'ai jamais eu à me plaindre de lui jusqu'ici. Il a mené une vie rangée. Ce n'est pas un buveur ou un coureur comme tant d'autres. D'ailleurs, moi, Reine Leroux, je n'aurais jamais toléré cela.

Je suis une femme sans inspiration, bien sûr, je suis un peu sa femme d'affaires. Je me suis toujours occupée de ses expositions, de ses vernissages, de sa publicité. Nous formons peut-être un drôle de couple mais ça dure depuis plus de vingt ans, sans problèmes majeurs, alors que plusieurs de nos amis se sont séparés ou ont divorcé. Nous nous complétons. D'ailleurs, tu es bien placée pour me comprendre, toi qui me ressembles comme une soeur jumelle et qui vis avec un écrivain. Ils ont besoin de femmes comme nous, ces artistes, pour leur remettre de temps à autres les pieds sur la terre. Et nous avons besoin d'eux pour mettre un peu de fantaisie dans nos vies.

Je n'ai jamais été jalouse de son art tant qu'il m'accordait la première place mais voici qu'il me néglige, qu'il me repousse même, et j'ai l'impression bizarre qu'il me trompe avec son rêve. Je me sens de

60

trop, j'ai peur qu'il perde la raison, je ne le reconnais plus dans ce créateur acharné, farouche, fermé sur sa peinture. Et pour comble, il n'est pas question pour lui de rentrer à Montréal. Je ne connais personne ici. Je n'ai personne à qui parler. Je suis en proie à un profond désarroi. C'est pourquoi je t'écris si longuement aujourd'hui, à toi, ma meilleure amie. Je t'écris et je t'invite même à venir passer quelque temps avec nous. Peut-être comprendrais-tu mieux que moi la transformation que subit Julien. Tu pourrais me conseiller. Ta présence me serait d'un grand réconfort. Viens donc si tu le peux. Sinon, écris-moi afin que je me sente moi seule.

Ton amie de toujours,

Reine

Mais Reine Leroux, dans sa lettre, ne révèle qu'une part de son tourment. De sa principale inquiétude, elle ne dit pas un mot. Depuis un mois, en effet, Julien lui interdit d'entrer dans son atelier. Lorsqu'il s'éloigne de la maison, il emporte la clé sur lui. Reine possède un double de cette clé mais elle respecte suffisamment son mari pour résister à la tentation de s'introduire dans son studio pendant ses absences.

Elle y est allée pourtant, une fois, rien qu'une fois. C'était plus fort qu'elle. Elle n'a fait qu'entrouvrir la porte et regarder. Et ce qu'elle a vu l'a bouleversée. Sur une vaste toile, Julien avait commencé à peindre un nu, grandeur nature. Il s'agissait d'une femme d'environ vingt ans allongée sur un lit de fleurs roses. La tête et le buste seuls paraissaient terminés. Le reste du corps n'était qu'esquissé. Elle l'avait observée avec beaucoup d'attention cherchant à découvrir dans ses traits quelque ressemblance avec de jeunes voisines qu'elle voyait parfois passer ou qu'elle rencontrait au village. Mais cette femme lui demeurait inconnue.

Ce qui la frappa c'est que cette personne n'était pas composée, comme les nus précédemment peints par son mari, d'éléments empruntés à la nature. Elle était parfaitement réaliste. Elle portait longs ses cheveux bruns qui roussissaient en ondulant sur les épaules et sur les seins. Ses yeux s'ouvraient avec avidité comme des bouches. Mais surtout il se dégageait d'elle quelque chose d'animal, de sauvage, de naturel jusqu'à l'impudence. Elle incarnait la jeunesse, mais la jeunesse éternelle, fière de savoir qu'elle ne vieillira jamais. Elle avait la beauté provocante, presque monstrueuse, d'une fleur qui ne pourrait pas faner. Et Reine s'était sentie si profondément narguée par cette fraîcheur immortelle qu'elle avait failli frapper cette créature chimérique, qu'elle avait failli déchirer la toile. Elle la regardait avec une haine accrue par l'envie, comme une épouse dévisage une rivale. Ce qui la blessait le plus c'est qu'il émanait de cette femme, comme un parfum s'exhale d'une fleur, une sensualité troublante, envoûtante, irrésistible. Et d'un instant à l'autre, elle semblait sur le point de bouger, de mouvoir ses cuisses pourtant à peine dessinées. Cette femme était presque douée de vie!

Reine ne retourna jamais dans l'atelier mais parfois, la nuit, lorsque Julien travaillait, elle s'approchait sur la pointe des pieds et observait par le trou de la serrure.

Elle ne raconta pas non plus, dans sa lettre à son amie Yvonne, que Julien, souvent, se mettait complètement nu pour peindre. Lorsqu'il la rejoignait au lit, à l'aube, il était dans une telle exaltation, il paraissait si exténué et si comblé qu'elle se disait en elle-même: «S'il venait de me tromper avec une jeune maîtresse, il serait dans le même état...»

Au début de leur séjour à l'Île aux Coudres, Julien s'était effectivement comporté en paysagiste intéressé par les curiosités locales. Il avait peint des maisons rustiques, les automobiles périlleusement stationnées dans le raidillon qui conduit au quai du bateau traversier, le village des Éboulements miroitant au soleil comme une fine crête de neige déposée sur l'une des cimes des montagnes de Charlevoix. Mais c'est lorsqu'il s'était mis à peindre la roche à Cailla que son coeur s'était subitement rempli de lumière et que sa vie avait commencé à se modifier.

Il se rendit chaque jour à l'extrémité de l'Île appelée L'Islet. Il y plantait son chevalet en face de la grosse pierre mais souvent il restait là, sans travailler. Il se sentait envahi par un bien-être indéfinissable, éprouvant en lui la sensation d'une mutation délicieuse. Il se comparait par moments à une chrysalide sur le point de se métamorphoser en papillon.

Il contemplait le long chemin qui traverse des lagunes émaillées de salicaires et qui conduit au bout de l'Île, le long chemin qui ressemble au bras recourbé d'une femme. Et au creux de ce bras dort une baie où les marsouins venaient jadis se prendre dans des pièges de fascines. Et c'est là, au creux de ce bras, au fond de cette baie fleurant le sel qu'il passait des jours entiers assis parmi les hautes herbes et les salicaires roses à se laisser caresser par les douces mains du vent et à s'enivrer de lumière.

Il y avait, près de la roche à Cailla, une goélette échouée qui semblait immobilisée là pour l'éternité parmi les fleurs, les abeilles, les papillons et les petits oiseaux. «Je ressemble à cette *voiture d'eau*, se dit un jour Julien. J'ai l'impression d'être tombé hors du temps, d'être échoué à l'écart du chenal où glissent les bateaux et je n'ai pas l'intention de rentrer dans le courant. Je suis venu me prendre dans les sortilèges de ce lieu comme les marsouins dans les pièges de harts. Je suis sous l'effet d'un charme. Je suis envoûté par la béatitude de ce creux parfumé où je repose à l'abri du temps.»

Un matin, déambulant au bout de l'Île sur les roches verdies de varech, il demeura ébloui en regardant planer des goélands dont le ventre blanc luisait avec la pureté d'une première neige. «Que le monde est beau, s'enthousiasma-t-il, lorsqu'il est laissé à lui-même, lorsque nous n'y sommes presque pas, lorsque nous n'y sommes, pour ainsi dire, que de passage pour un instant, comme des astronautes qui poseraient le pied sur une planète, qui s'émerveilleraient et n'y demeureraient pas assez longtemps pour la souiller! Nous devrions toujours naître à autre chose. Nous devrions constamment nous envoler vers un Ailleurs.»

Chaque matin, sur cette île, lui semblait être le premier du monde. Cette lumière originelle, il s'efforçait de la rendre sur ses toiles. Et l'Île lui apparut bientôt, première, baignant dans cette lumière mouillée des origines, comme une sorte de lieu foetal, comme une sorte de foetus reposant dans le ventre du fleuve. «Je ne suis jamais vraiment né, reconnut-il. Je suis ici pour naître. Je suis porté par cette île comme on dit d'une femme qu'elle porte un enfant.»

Et Julien Leroux se mit à naître à la Beauté. Elle se révéla d'abord à lui sous la forme d'une présence féminine éparse dans le paysage. C'était quelque chose comme l'âme de la nature qu'il tenta de reproduire dans des tableaux étranges où s'emmêlaient des seins, des feuilles, des cuisses, des vagues, des yeux, des fruits, des chevelures et des nuages.

Puis un jour, en peignant la roche à Cailla, il vit apparaître sous son pinceau les volumes harmonieux d'une jeune femme qu'il substitua à cette pierre auréolée de légende. Il revint en faire de multiples croquis puis il entreprit de la peindre, grandeur nature, dans son atelier.

Il la coucha dans un pré de salicaires roses comme sur un lit parfumé et, à mesure qu'elle prenait forme, il sentit qu'il allait s'attacher à elle comme Alexis Lajoie à sa roche. Elle devint tout pour lui: l'Absolu, la Beauté. Elle naissait en même temps que lui. Il lui donnait la vie. Il caressait sa toile avec fierté, avec amour, comme une femme enceinte promène ses mains sur son ventre rond. Il lui parlait. Elle lui répondait par des intensités de couleurs. Elle avait des langueurs roses, des exubérances d'or, des désirs de pourpre. Julien soignait avec une infinie minutie la carnation voluptueuse de son amie et peu à peu ce ne fut plus de la peinture qu'il appliqua mais de la chair qu'il déposait sur ce beau corps avec son pinceau.

Il prit l'habitude de se mettre nu pour se consacrer à son travail de création afin de se sentir premier, originel. Il découvrit qu'il y avait quelque chose de profondément sexuel dans l'acte de peindre. Il avait parfois l'impression d'étendre la peinture avec son pénis, de faire l'amour avec sa toile, de s'unir charnellement avec la Beauté. Ses coups de pinceaux effleuraient le tableau comme des baisers, comme des caresses sur le corps d'une femme. Il peignait jusqu'à l'épuisement, s'arrêtait un moment et continuait. Il avait toujours le goût de recommencer tel un jeune amant incapable de se rassasier de sa maîtresse.

Il prenait des notes sur des bouts de papier qu'il abandonnait ici et là dans son atelier. «La peinture que j'ai faite jusqu'ici ne vaut rien. Elle reste extérieure à moi. Maintenant je suis dans ma toile, j'habite mon art et il m'est de plus en plus pénible de retourner dans cet univers de médiocrité que j'ai appelé jusqu'ici le réel. Je suis séduit par la Beauté, happé par l'Infini. Jusqu'ici je ne faisais que de la peinture, je n'étais qu'un peintre; maintenant, j'entre en Beauté comme d'autres entrent en religion. Tant qu'un artiste n'a pas eu la révélation de la Beauté, il fait de l'art utilitaire, il a des buts, des ambitions, il cherche à plaire, il veut se montrer, il veut réussir comme n'importe quel commerçant, il veut arriver comme n'importe quel politicien. L'art n'est pour lui qu'un moyen parmi tant d'autres pour parvenir. C'est une mentalité d'épicier qui soigne sa clientèle, de publiciste qui fait des études de marché avant de créer. Préoccupé de s'ajuster aux modes passagères, il minaude comme une évaporée, il devient une coquette de l'esprit. Il devient peut-être un artiste consacré mais il n'est pas un artiste sacré. Une fois qu'on a été ébloui par la Beauté, on ne songe plus qu'à se rapprocher d'elle, qu'à s'unir à elle, qu'à faire l'amour avec elle et cela demande de la discrétion. On a envie de tirer les rideaux sur nos amours.»

Il lui arrivait, en peignant, de se sentir immortel. Lorsqu'il avait son pinceau à la main, la mort était incapable de l'atteindre car d'une seule touche de couleur il pouvait la transformer en Beauté comme les alchimistes qui transmutaient le vil métal en or.

Il devenait divin, par instants, et il aspira à le demeurer toujours. «La Beauté n'apparaît qu'à ceux qui la respectent, nota-t-il. Un rien suffit à la faire fuir. Il faut créer une atmosphère où elle se sente en sécurité pour évoluer avec naturel. Il en va de l'inspiration comme de l'apprivoisement des bêtes sauvages. Il faut se faire oublier en tant qu'observateur.»

Lorsqu'il ne peignait pas, il sombrait dans une profonde dépression comme un homme abandonné par la femme qu'il adore. Certains artistes s'enivrent ou se droguent pour oublier ou pour supporter ces brusques retours au quotidien. Julien, lui, décida de peindre le plus souvent possible. Il y consacra toute son énergie, s'appliquant à retoucher chaque cheveu de sa bien-aimée, chaque petit poil, chaque tache de rousseur. Il parvint même grâce à la magie subtile de son pinceau à créer l'illusion de la respiration. «La Beauté, griffonna-t-il, est une femme jalouse qui supporte mal d'avoir des rivales. Plus un homme aime la Beauté, plus il est seul. Mais heureusement, elle suffit presque toujours à remplacer toute autre compagnie. L'artiste est marié avec son art, et malheur à celle qui l'aime si elle ne sait pas partager avec l'art la place qu'elle occupe dans son coeur.»

Une nuit, sa femme qui le regardait peindre par le trou de la serrure et qui apercevait une large section de la toile retint un cri d'effroi. «Je deviens folle, balbutia-t-elle en tremblant. Je suis certaine que cette femme a bougé!»

Un matin d'octobre, épuisée par l'absence de sommeil, Reine Leroux se dirigea à pas feutrés vers l'atelier. Une grande lumière, soudain, inonda la maison; la brume qui enveloppait l'Île, s'échevelant, s'ouvrit comme une porte sur l'infini bleu du ciel. Reine colla son oeil contre le trou de la serrure. Effarée, elle courut jusqu'à sa chambre, en revint avec le double de la clé, pénétra dans le studio. Julien n'était plus là. Ses vêtements gisaient épars sur le plancher. La femme nue, elle aussi, avait disparu. Il ne restait sur la toile que le pré de salicaires roses qui avait servi de lit à la Beauté.

Pathétique
N'importe Qui

François Brûlé sursauta dans la chaise berceuse où il venait de s'assoupir. Un second coup de sonnette le tira tout à fait de sa torpeur. Il consulta sa montre: 10 heures, et se leva pour aller ouvrir.

C'était un de ces soirs de novembre où la nuit visqueuse rampe sur les toits, limace énorme dont la bave noire ruisselle sur les vitres.

Une femme blonde, délicate, très jolie apparut dans l'embrasure de la porte. Il ne la reconnut pas immédiatement, dans la pénombre du vestibule, la scruta, abasourdi, puis retirant ses lunettes, ouvrant grands les bras, il s'écria: «Olive!»

«Popeye! Mon héros!» lança Geneviève en pouffant de rire et François la pressa sur sa poitrine, ému comme s'il lui eût été donné d'enlacer, surgissant de cette nuit lugubre, le fantôme lumineux de sa jeunesse.

— Comment peut-on se perdre de vue pendant aussi longtemps! s'exclama Geneviève. Ça fait quoi, vingt ans, vingt-deux ans qu'on ne s'est pas vus? C'est incroyable!... On dirait qu'on perd toute notion du temps et puis, brutalement, on se réveille, comme si on sortait d'un rêve. C'est ce qui est survenu ce soir. Il s'est fait comme un éclair en moi et je me suis dit: «Il faut que je revoie François»; j'ai sauté dans mon automobile, sans réfléchir, et me voici, j'arrive de Québec, pour te dire bonsoir, j'entre deux minutes et je repars.»

Elle tremblait si fort en parlant que François, comparant sa vulnérabilité à celle des dernières feuilles menacées par les vents froids de l'automne, l'étreignit sur son coeur pour la mettre à l'abri des bourrasques du temps.

— Enlève tes bottes, viens t'asseoir. Raconte-moi ta vie. Je n'arrive pas à me faire à l'idée que c'est bien toi, là, devant moi. Une véritable apparition!

— Non, non, je reste deux minutes à peine, comme ça, sur le bord de la porte, le temps de te donner un bec et je repars... Est-ce que ta femme est là?

— Non, ma chère, je suis seul. Madeleine est partie avec les enfants chez belle-maman pour toute la fin de semaine. Ne reste pas là, viens t'asseoir. De toutes façons, tu ne peux plus t'enfuir, dit-il en verrouillant la porte.

— Je te dérange peut-être...

— Tu parles! J'étais en train de m'endormir devant une émission de télé complètement insipide. C'est extraordinaire que tu passes précisément ce soir car, tantôt, au souper, j'ai pensé à toi. Ce doit être ça, j'ai pensé si fort à toi que je t'ai fait surgir du passé... Comme j'étais seul, je me suis fait à manger exactement comme à l'époque de la tente: du ragoût de boulettes en boîte et une demi-lune de Vachon pour dessert, dit-il en riant et en s'excusant de la recevoir en pantoufles et en robe de chambre. Et toi, tu es mariée?

— Eh oui! répondit-elle. J'ai un mari et trois beaux enfants.

— Mais enlève ton imperméable, voyons. Ne reste pas là, debout, au milieu du salon, tu me gênes. Fais comme chez toi. Tiens, je vais allumer un feu dans le foyer.

Geneviève retira son manteau, le déposa sur le divan et François resta sidéré en la contemplant vêtue d'une robe rose aux manches ajourées brodées de motifs floraux, ornée au col, à la taille et en bordure d'un petit liseré millefleurs. Elle portait un collier et un bracelet de verroteries multicolores, trois bagues à reflets d'or et, sur le sein gauche, une épingle en forme de coeur. Comme il s'étonnait de la voir ainsi habillée pour une sortie dans le grand monde, elle précisa, très nerveuse: «Mon cher Popeye, c'est un grand jour... Hier c'était mon anniversaire... C'est terrifiant à dire mais j'ai eu quarante ans...»

— Toi, quarante ans! Mais c'est inadmissible, c'est révoltant! Je vais porter plainte auprès des dieux et demander une rectification!

— Hélas oui, mon ami. Il le faut bien puisque toi tu as quarante-deux...

François restait debout devant elle comme changé en statue de sel. Sur le coup, en l'admirant dans sa robe rose, il s'était senti envahi par une immense euphorie et avait cru retrouver Geneviève à l'âge de vingt ans mais voici que cette vision s'évanouissait brutalement et qu'ils retombaient l'un et l'autre dans l'engrenage du temps.

C'est Geneviève qui se remit la première de cette émotion. Pour occuper ses mains et pour mettre un terme aux tremblements qui rendaient ses gestes maladroits, elle s'alluma une cigarette et, bondissant soudain comme un polichinelle, elle fouilla bruyamment dans les armoires de la cuisine, découvrit la boîte de gâteaux et s'empara d'une demi-lune. Elle ouvrit une bouteille de vin rouge, s'en versa un grand verre, en offrit à François et, toujours chaussée de ses bottes vernies, gardant près d'elle la bouteille, elle revint s'asseoir dans un fauteuil berçant. Elle se mit à boire avec rapidité, sa figure s'illumina d'allégresse et elle ne tarda pas à devenir très volubile.

À François qui se disait fatigué par sa semaine de travail, elle lança, moqueuse: «Toi, fatigué? Toi, marié? Toi, fonctionnaire? Toi, en pantoufles? Toi, dans une maison, au coin du feu? Toi, devant la télé? Toi, bedonnant? Toi, un peu chauve? Toi, mortel? Quelle déchéance pour mon héros!»

Et ils se mirent à évoquer, exaltés, l'époque où il passait l'été sous la tente. Il habitait encore, aujourd'hui, Port-Saint-François, au bord du fleuve, mais le petit bois qui lui tenait jadis lieu de paradis avait été détruit par les bulldozers et on y avait construit des résidences. Dès les premiers beaux jours de juin, François installait sa tente bleue dans une clairière, sous un dôme d'érables et de frênes, à proximité d'un ruisseau qui coulait vers le fleuve et où il attachait aux branches des saules son canot rouge. Il passait l'été là, hors du temps, faisant chauffer dans sa gamelle, sur des feux de bois, des fèves au lard ou du ragoût de boulettes en conserve, dormant à même le sol, enfoui dans son sac de couchage, en la compagnie parfumée des marguerites, des boutons-d'or et des salicaires, parmi la musique ailée des feuilles et des petits oiseaux.

Et les amis venaient en bande partager sa joie. Ils animaient le sous-bois de leurs rires et de leurs chants. Et parmi ces jeunes gens gazouilleurs apparaissait parfois, vive et lumineuse, Geneviève, venue de Québec pour de brefs mais fréquents séjours chez l'une de ses tantes.

Il leur avait plu de s'identifier aux personnages cocasses d'une bande dessinée. François, à cause de ses longues randonnées en canot, était devenu Popeye, l'invincible, le mangeur d'épinards en conserve, le vrai marin. Et Geneviève s'amusait à imiter Olive, l'extravagante amoureuse follement admirative de celui qu'elle appelait en se jetant à son cou: «Mon héros! Mon héros!»

74

— C'est fou, s'exclame Geneviève en vidant un autre verre de vin, à cette époque, pour moi, tout ce que tu faisais était sacré! Quand tu plongeais au bout du quai, quand tu nageais, personne ne s'y prenait aussi bien que toi. À mes yeux, tu étais divinement marginal, inadaptable, merveilleusement irrécupérable! En fait, tu n'étais probablement pas plus exceptionnel qu'un autre mais lorsque je te voyais mon coeur se mettait à battre à tout rompre, je te transfigurais, tu étais mon idole, mon dieu, mon héros!

Elle éclate de rire, consciente du ridicule de cette déclaration; pour cacher son émotion, elle se lève et, imitant la démarche exaltée d'Olive, elle retourne fouiller dans les armoires de la cuisine et en revient porteuse d'une nouvelle bouteille.

À François qui s'étonne de la voir ingurgiter le vin avec tant de rapidité, elle demande: «Te souviens-tu de cet après-midi où Thérèse, qui avait un peu bu, l'exubérante Thérèse s'était exclamée: «Les humains, jusqu'à nous autres, ils sont tous morts. C'est parce qu'ils étaient pas de la même race que nous autres. À cette heure, là, c'est fini, ça, ce mourage-là! On est là nous autres, à cette heure, mon François, on est jeunes puis on se laissera pas faire. On a envie de s'amuser, on a envie de s'aimer, on a envie de danser puis on n'a pas envie de mourir. Je meurs pas, moi, François, je meurs pas tout de suite puis je mourrai pas plus tard puis je mourrai jamais! Les autres, qui sont pas de notre race, ils vont mourir, mais moi je meurs pas. Pas moi, François, pas moi.» Je la revois encore, un peu ivre, superbe comme une immortelle, plonger dans le fleuve, je vois encore ruisseler l'eau sur son beau corps de dix-huit ans, je l'entends encore déclamer: «Le temps va glisser sur ma peau comme de l'eau sur les plumes d'un canard sans y laisser la moindre ride. Je meurs pas moi, François, pas moi, pas moi!»

— Et pourtant, conclut François, elle est morte droguée, il y a deux ans de cela, à Montréal... On a déjà cinq morts dans notre petit groupe d'anciens adolescents immortels... Un qui s'est tué d'un coup de fusil, un qui a péri rongé par la cirrhose, deux qui se sont fait déchiqueter dans des accidents d'autos...

— Et moi, dit sèchement Geneviève, devenue soudain très sérieuse, se parlant à elle-même, moi je suis physiquement vivante mais je suis morte en dedans. Je ne suis pas heureuse, François. Je suis mal placée pour t'adresser des reproches car je n'ai plus rien de la spontanéité, de l'ardeur, de l'enthousiasme qui faisaient de moi, jadis, ton Olive. Tu sais, ça n'a jamais vraiment marché avec Jean-Luc. J'ai songé pendant des années à me séparer mais je suis lâche, je ne veux pas me retrouver seule. Alors, on reste ensemble et on s'empoisonne à petites doses quotidiennes. Et pour mettre le comble je suis en train de devenir alcoolique. Jean-Luc, lui, c'est fait depuis longtemps. Ce soir encore, il s'est assis pour regarder sa joute de hockey, il a commencé à siroter sa bouteille de gin et il s'est endormi... Hier, c'était mon anniversaire — je suis trop vieille maintenant pour refaire ma vie —. J'avais confectionné cette robe rose qu'il n'a même pas remarquée. Alors j'ai eu l'impression de devenir folle et soudain j'ai pensé à toi et j'ai décidé de venir te voir, mais j'étais si terrifiée, tu ne peux savoir, si terrifiée à l'idée de me présenter devant toi, j'avais si peur que tu me trouves laide et vieille, j'avais si peur de ne plus plaire...

Geneviève éclate en sanglots, pressant la bouteille de vin contre ses seins. François s'avance vers elle, lui caresse doucement les cheveux, pose les paumes de ses mains sur son front, la soulève dans

76

ses bras, l'emporte jusqu'à sa chaise et la berce sur ses genoux, comme une enfant.

— Moi, lui confie-t-il, je ne suis ni heureux ni malheureux. Après avoir été si exalté, à vingt ans, si plein de feu, j'ai l'impression de m'être consumé et je me retrouve au neutre, en quelque sorte.

— Si je suis venue te voir ce soir, murmure-t-elle en reniflant et en essuyant ses larmes, c'est que je suis torturée depuis des années par un souvenir. Tu vas te moquer de moi mais il faut absolument que je t'en parle.

Et Geneviève lui rappelle de nouveau l'époque de la tente. Elle était originaire de Nicolet, comme François, mais ses parents avaient déménagé à Québec lorsqu'elle avait quinze ans. Elle occupait un petit poste de secrétaire et descendait à Port-Saint-François presque chaque fin de semaine pour y retrouver ses amis. Elle avait dix-huit ans alors. Elle logeait chez sa tante qui l'accueillait dans son chalet.

Elle connaissait François depuis l'enfance mais c'est seulement à dix-huit ans qu'elle s'était vraiment éprise de lui. Et cet amour lui faisait si peur que, chaque fois qu'il se montrait trop entreprenant avec elle, elle prétendait avoir un fiancé à Québec. Elle sortait d'ailleurs, de façon irrégulière, avec Jean-Luc.

Il y avait à cette époque une plate-forme en plein air où les jeunes allaient danser aux sons discordants d'orchestres locaux qui s'essayaient piteusement à jouer les mélodies américaines à la mode. Un soir, après la danse, elle avait accompagné François jusqu'à sa tente, dans le sous-bois paisible. Il faisait très chaud. Les étoiles palpitaient dans la nuit comme des petits coeurs d'or. Et François s'était montré si doux avec elle, si charmeur, ils avaient échangé de si profonds baisers qu'elle s'était allongée sur son sac de couchage et s'était laissé dévêtir en proie à une véritable extase. Elle avait la langueur même de la nuit d'été. C'était en elle que les étoiles palpitaient maintenant. Et le vent doux fleurant les feuilles et le fleuve était son amant. Les mains de François glissaient sur ses seins, son ventre, ses cuisses comme les lèvres mouillées du vent. Elle était une fleur nocturne à la corolle close, et les doigts délicats du vent, cherchant à s'introduire sous ses pétales, lui prodiguaient des caresses de volupté.

Mais quand François avait tenté de lui retirer sa petite culotte, elle avait murmuré, s'arrachant à la féerie: «Je suis merveilleusement bien avec toi mais il vaut mieux que je parte... je suis fiancée et je veux me réserver pour Jean-Luc.»

— Et pourtant, dit Geneviève, je peux bien te le dire aujourd'hui, vingt-deux ans plus tard, à cette époque-là, j'étais tombée follement amoureuse de toi... J'ai tellement bien caché cette passion que je parie que tu ne t'en es jamais douté.

— C'est vrai, répond François, tu étais pour moi une amie adorable mais je n'ai jamais rien su de cette passion.

— Eh bien! cette fois-là, si je me suis enfuie de façon aussi stupide ce n'était pas à cause de Jean-Luc mais parce que je craignais de m'engager dans un amour où j'avais la certitude de perdre tout contrôle. Tu vois, j'ai passé ma vie à tout rater. Par faiblesse, je suis passée à côté de mon destin. Je n'ai jamais eu le courage d'aller jusqu'au bout de mes désirs... Je t'ai écrit, par la suite. Je t'ai écrit de longues lettres délirantes, même après mon mariage. Et j'ai failli, à plusieurs reprises, venir te retrouver et me déclarer mais ma raison mettait toujours un frein à mes pulsions. C'est toi que j'aurais dû épouser, François. Avec toi j'aurais été heureuse, j'en suis certaine. Si ça n'a jamais bien fonctionné avec Jean-Luc c'est que je pensais trop à toi. Quand il me caressait, je voyais tes mains superposées aux siennes. J'essayais d'oublier sa présence et de jouir de tes baisers fantômes mais dès qu'il se rappelait à moi par une parole ou par un geste maladroit, je devenais froide. Et cette nuit de bonheur ratée me hante depuis vingt-deux ans... C'est cette nuit-là, cette nuit d'été de mes dix-huit ans, dans ta tente, cette nuit où nous avions failli faire l'amour que j'ai voulu revivre en venant te voir ce soir...

François promène ses lèvres avec tendresse sur ses yeux, sur ses joues, ses oreilles, dans son cou car elle est de nouveau agitée de tremblements. Il pose doucement la main sur son sein gauche comme s'il voulait abriter son coeur dans sa paume. Puis les deux amis vont s'asseoir sur des coussins, devant le feu.

— Moi, révèle François, en tisonnant la braise, c'est à quinze ans que j'étais tombé amoureux de toi. C'est toi qui as été mon premier amour... Tu te rends compte? Tu avais à peine treize ans... Nous habitions tous deux Nicolet, à cette époque, à deux rues l'un de l'autre. Je te revois encore avec tes longs cheveux blonds coiffés en queue de cheval, avec ta jupe bleue, ta veste de marin ornée, dans le dos, d'un large collet blanc.

«Je me rappelle de tout et je m'en souviendrai jusqu'à ma mort car jamais, par la suite, je n'ai éprouvé d'émotion aussi intense. Chaque midi, lorsque tu partais pour l'école, j'essayais de me trouver sur ton chemin mais je n'avais pas le courage de t'adresser la parole et, de toutes façons, le seul fait de te voir me comblait de ravissement. Chaque soir, j'allais arpenter le trottoir, près de la maison de tes parents, dans l'espoir de te rencontrer car il t'arrivait d'aller chercher le courrier au bureau de poste. Par la fenêtre du salon, je t'apercevais en train d'étudier et je restais là, béat, à te contempler.

«Quelques mois plus tard, quand un ami commun nous a présentés, nous sommes devenus copains. Tu étais la seule fille à jouer aux cowboys avec les garçons. Je te revois avec ta ceinture à deux larges étuis et tes revolvers à pétards qui te battaient les cuisses. Je me rappelle une petite boîte de sucre à la crème aux noix que tu m'avais donnée. J'en ai encore le goût dans la bouche. Mais tu t'enivrais alors du plaisir de plaire à tous ceux de ma bande et je n'étais rien de plus, parmi ta cour d'admirateurs, que l'un de tes soupirants. Tu te souviens du Bois du Séminaire où nous allions nous promener à bicyclette...»

Et les deux amis, contemplant la flamme qui dévore les bûches comme la passion consume les coeurs, revoient en silence, chacun pour soi, le bois de leur enfance.

Ce bois, situé à la limite de la petite localité, tout près du vieux collège classique, était la propriété des prêtres qui y avaient fait tracer des sentiers enchanteurs, tapissés d'aiguilles de pins, où ils allaient se promener en lisant leur bréviaire. Mais les enfants s'y introduisaient par des passages secrets dissimulés dans les buissons. Ils y étaient tolérés d'ailleurs par les abbés qui s'émerveillaient de leur présence rieuse comme de celle des pics-bois, des pinsons, des suisses et des écureuils. Les sentiers qui semblaient avoir été dessinés selon l'inspiration capricieuse d'un doux rêveur s'avançaient comme au hasard sous le dôme des feuilles. Attentifs à ne pas blesser l'âme de ce petit bois qu'on appelait *Le Bocage*, ils contournaient les arbres en les effleurant comme d'une caresse. Ils s'enfonçaient dans un creux velouté de mousse, s'égaraient dans les fougères, rencontraient étonnés des champignons orange, se paraient de glands, s'arrêtaient pour cueillir des feuilles de petit thé, s'inclinaient pour humer une fleur, bondissaient

sur une butte pour le simple plaisir de se retrouver
tout contre le tronc d'un hêtre à l'écorce lisse comme
une peau; ils semblaient parfois se soulever de terre
pour suivre le vol lent d'une corneille ou se faisaient
silencieux pour s'approcher en tapinois d'une perdrix. Les sentiers musardaient, erraient, rêvaient en
ce lieu magique. Ils jouaient de bien bons tours au
temps qui les perdait de vue pendant de longs
moments. Ils jouaient aussi de bien bons tours à la
réalité, et ceux qui les suivaient, séduits par leur
charme, finissaient toujours par se retrouver au
royaume de la féerie.

Il y avait dans ce *Bocage* deux étangs liserés de
quenouilles que survolaient, avec une grâce de libellule, de petits ponts de bois. Le pont du second
étang, le plus éloigné, où conduisaient toutes les
allées, avait une élégance particulière. Il s'élargissait
en son centre prenant la forme d'un pavillon de jardin recouvert d'un toit, et parfois lorsque les oiseaux
y donnaient un concert avec les flûtes, piccolos et
hautbois de leur gazouillis, c'était un kiosque à musique suspendu par enchantement au-dessus de l'onde.
Et parfois, paraissant rattachée aux branches des
pins par de légers fils de la Vierge, c'était une escar-
polette étrange où l'on pouvait se laisser bercer, en ce
lieu de délices, comme si l'on se fût enfin trouvé,
blotti, au coeur même de la nature.

C'était là que François et Geneviève, par un bel
après-midi d'été, avaient échangé un premier baiser.
Un baiser bien chaste, mais un vrai, un long baiser,
mouillé de salive. Ils étaient restés là à se contempler,
auréolés de bonheur, le visage éclairé par une grande
lumière intérieure, transfigurés, comme touchés par
la baguette d'une fée. François avait offert à sa petite
amie une pomme de pin géante. Il avait piqué partout dans ses cheveux des boutons-d'or. Et comme,
se penchant par-dessus la rambarde, elle admirait sa

beauté dans le miroir de l'étang, il ne savait plus si c'était son image à elle qui se reflétait dans l'eau ou si ce n'était pas plutôt quelque nymphe des profondeurs qui se mirait dans le réel et dont l'image frémissait, radieuse, à son côté.

— Moi, murmure François en attisant l'âtre avec un pique-feu, c'est cet après-midi d'été-là que je revis, ce soir, avec toi... C'est curieux, il faut croire que ce baiser-là nous avait bien effrayés car, par la suite, nous étions redevenus deux copains, tout simplement, et lorsque tes parents avaient déménagé à Québec nous nous étions perdus de vue...

«J'ai un autre souvenir, presque aussi beau que celui-là. À cette époque, tu suivais des cours de ballet et j'avais été te voir danser dans un spectacle donné en la salle paroissiale. Te rappelles-tu de cela? Tu faisais une fleur dans *La Valse des Fleurs* de Tchaïkovski. Une bien petite fleur et bien maladroite sans doute mais pour moi, qui ne voyais que toi, tu étais non seulement la plus merveilleuse de toutes, tu étais la seule fleur...»

François se lève, fait jouer sur le tourne-disque *La Valse des Fleurs*, et Geneviève se met à danser au milieu du salon. Mais elle est un peu ivre maintenant, elle titube, elle tient à la main son verre de vin que vient heurter son long collier. Elle valse maladroitement, chaussée de ses bottes vernies. François la contemple, profondément ému, songeant au temps qui passe. Il est allé se promener, il y a un mois de cela, dans le *Bocage*; il n'y était pas retourné depuis de nombreuses années. Des adolescents hystériques fonçaient par les sentiers sur des motos pétaradantes. Il ne restait plus d'eau dans les étangs transformés en cloaques, envahis d'herbes folles. Des ponts détruits on ne voyait plus que les piles de bétons rongées de moisissures.

Il retourne s'asseoir sur les coussins, devant le feu. De cette promenade désolante, il ne parle pas à Geneviève. Il la laisse imaginer qu'elle a douze ans pour l'éternité et il l'accueille, la presse sur son coeur lorsqu'elle se laisse tomber, en larmes, dans ses bras comme la corolle rose d'une fleur.

— J'ai tellement rêvé, François, j'ai tellement rêvé! Je voulais être la plus grande amoureuse que la terre ait jamais connue et je n'ai rien été d'autre qu'une femme au foyer, mal mariée, une ménagère... C'est affreux!

«J'ai tellement rêvé d'amour. Quand j'étais toute petite, j'étalais des feuilles de papier sur le plancher du salon, je m'imaginais en princesse et je dessinais ma future robe de noces. Une robe rose tellement longue qu'elle faisait le tour de la terre passant par-dessus les maisons, par-dessus les clochers, par-dessus les montagnes, par-dessus les avions. Elle s'étalait au-dessus des villes se déposant à peine sur le toit de l'Empire State Building, sur la pointe de la tour Eiffel, sur la tour de Pise, sur le dôme de Saint-Pierre de Rome. Elle franchissait les déserts effleurant les pyramides, supportée, de loin en loin, par les bosses des chameaux. Elle franchissait les mers sur les mâts de bateaux que je dessinais à la queue leu leu pour ne pas qu'elle se mouille dans l'eau salée. Je dessinais des petits Chinois qui admiraient ma robe flottant dans le ciel comme un nuage, puis des petits Noirs qui grimpaient dans des cocotiers pour essayer de toucher à ma robe. Puis il y avait des Esquimaux qui déposaient ma robe sur des ours blancs et des pingouins, tous en ligne, pour ne pas que ma robe traîne sur la neige. Et puis, quand sonnait l'heure de mon mariage, tous les Esquimaux s'en venaient en traîneaux à clochettes, tu sais, comme nos ancêtres lorsqu'ils se rendaient à la messe de minuit. Quand les Esquimaux arrivaient pour mon mariage, il y en avait tellement que ça me prenait des tas de feuilles pour les dessiner tous. Je disais à mon père que tous les petits Esquimaux étaient mes enfants, puis je les découpais avec des ciseaux presque pas aiguisés pour ne pas que je me blesse les doigts, puis je les prenais tous dans mes bras, et mon père trouvait ça bien drôle parce que moi je voulais avoir les bras pleins de mes enfants pour aller me marier. Je lui disais que je voulais avoir tous mes enfants avant de me marier parce que mon mariage allait être tellement extraordinaire que je ne voulais pas que mes enfants manquent ça... C'était tellement beau, la vie, quand c'était tout en rêve encore...

«François, je suis détruite par l'amour sans avoir vraiment connu l'amour...

«J'ai tellement rêvé de succès, de bonheur! Si au moins j'étais devenue une grande actrice, une grande sportive, une grande danseuse: Isadora Duncan, Anna Pavlova! une grande... une grande n'importe quoi! Mais je ne suis rien, François, je ne suis rien, je suis une poussière (elle souffle sur elle-même en faisant: «pfff!»), je suis tellement rien, tellement nulle que je suis Madame N'importe Qui... Des fois, je me regarde dans le miroir et il n'y a qu'un seul mot qui me vient à l'esprit: *pathétique*, je me trouve pathétique. Je suis pathétique, murmure-t-elle, incapable de retenir ses sanglots, se blottissant dans les bras de son ami, je suis Pathétique N'importe Qui.»

Dehors, c'est la nuit moisie de novembre. La pluie ruisselle à la vitre et Geneviève a l'impression, soudain, d'habiter à l'intérieur d'une larme. Et la terre elle-même lui apparaît ronde comme une larme. Et les étoiles sont les larmes de l'Univers qui pleure sans fin dans le vide.

— Ça peut pas être juste ça, vivre! se révolte-t-elle. Ça peut pas être aussi médiocre que ça! On aura juste fait deux ou trois enfants, mangé, dormi, on n'aura rien réussi d'exceptionnel, on n'aura été ni dieux, ni héros, on n'aura pas été capables d'arrêter le temps, on n'aura jamais été immortels! Les oiseaux vont continuer à chanter la même chanson, l'eau va continuer à couler de la même façon, les saisons vont se succéder puis on va disparaître niaisement, puis ça va être comme si on n'avait jamais existé? Notre tour est déjà fini? Ça se peut pas, François! Ça se peut pas! Ça peut pas être aussi niaiseux que ça! Je veux pas être du néant, moi!

«Je suis en train de faire une folle de moi, dit-elle se mettant debout, après avoir vidé d'un trait un verre de vin. Je vais rentrer à la maison. J'aurais mieux fait de ne pas venir. Tu dois me trouver bien vieille, bien laide. C'est pour me cacher que j'ai mis un collier, un bracelet, des bagues, ma robe rose. Autrefois, quand j'étais belle, je n'avais pas besoin de tout ça...»

François la contemple qui chancelle étourdie par le vin puis, sans dire un mot, il dénoue la ceinture millefleurs, retire la robe de son amie, lui enlève ses bottes, ses bas, son soutien-gorge, sa petite culotte et lorsqu'elle est parfaitement nue, il la caresse depuis les cheveux jusqu'aux pieds et c'est comme si la lueur de la braise promenait sur son corps de douces mains de feu.

Il la prend dans ses bras et la berce au coin de l'âtre. «Ça marche jamais, l'amour, murmure-t-elle, ça marche jamais avec la personne qu'on désire le plus... Tu vois, on s'est aimés, nous autres, mais on s'est pas aimés au même moment... On peut pas recommencer le passé. Je vais rentrer à la maison, je

trouverai bien une excuse pour m'être enfuie si brusquement. D'ailleurs, Jean-Luc ne se sera peut-être
même pas rendu compte de mon absence...»

François ne l'écoute plus. Il lui caresse délicatement les seins, le ventre, les cuisses. «Là, on est
encore un peu beaux, continue-t-elle, mais, si on se
perd de vue pendant un autre vingt ans, on va se
retrouver vieux et peut-être qu'on ne se retrouvera
jamais parce qu'on va être morts... Tout glisse, François, tout glisse... Mais glisse pas, toi. Si tu glisses,
toi, mon héros, si tu glisses tout va glisser dans le
néant...»

Et soudain, étreignant son ami avec passion,
elle supplie: «Prends-moi, François, prends-moi,
fais-moi l'amour comme si nous étions éternels.»

Le rouge-gorge

Il était une fois un jeune musicien que sa petite amie venait de quitter.

«Mon petit hibou rose, ma petite chouette en sucre du pays, mon oiseau-lyre, ma si bémol à plumes, mon pinson d'or, mon hirondelle de diamant, mon canari de miel, mon rossignol de givre, ma tourterelle en mi majeur, mon colibri des neiges, mon nid de flûte, ma perdrix de velours, mon violon volant!» Il lui avait donné tant de jolis noms ailés qu'elle avait fini par protester: «Ce n'est pas moi que tu aimes, mais un rêve! Je ne suis pas une perruche, un coucou, un serin! Je ne suis pas un oiseau!» Et, lui reprochant de planer dans les nuages, elle l'avait délaissé pour un apprenti-comptable plein d'avenir qui visait à la gérance d'une banque.

Alors le jeune musicien s'était installé, seul, non loin de Nicolet, dans une étrange maisonnette située, en bordure de la rivière, dans cette zone appelée Bas de la Rivière, zone habitée par des amateurs de chasse aux canards et par des pêcheurs: les gens y gardent des outardes, filets et verveux s'amoncellent parmi des chaloupes renversées sur des tréteaux, des spirales de boucane s'élèvent des fumoirs à esturgeons, et des écriteaux portent des inscriptions peinturlurées: *poisson à vandre fumées, verres a vande, anguill fumer.*

Le curieux petit chalet qu'il loua, tout au bord de la berge escarpée, était l'oeuvre d'un excentrique. Constitué d'une seule pièce, il était construit autour d'un énorme saule. Une fenêtre donnait sur l'eau mais elle était en partie cachée par les feuilles du saule qui s'épanouissaient en toute liberté à l'intérieur de la cabane. En outre, on pouvait accéder, de l'extérieur, par une échelle clouée au mur, à une plate-forme de madriers fixée sur le toit, qui servait de balcon pendant la belle saison.

Le musicien y fit transporter un vieux piano, un divan, une table, et s'y installa, vers la mi-octobre, avec l'intention d'y demeurer jusqu'au printemps. Ses voisins s'amusèrent de sa naïveté car ils connaissaient la violence du vent d'hiver, cette espèce de géant malfaisant aux mille bras, qui prend son élan loin sur la rivière, saute sur une patte, sur l'autre, fait des pirouettes, bondit contre les habitations, farfouille dans tous les interstices avec ses longs doigts froids. Mais ils avaient compté sans la magie de la musique.

Ils tentèrent, petit à petit, de lier connaissance avec ce jeune homme qui n'était pas de la région, mais il demeura distant, taciturne, isolé dans son chagrin d'amour. Ils ne le connurent guère que par des rencontres épisodiques, lui permettant de monter dans leurs voitures lorsqu'il *faisait du pouce* pour se rendre à Nicolet. On aurait dit qu'un petit nuage bleu, ressemblant à une larme, planait dans chacun de ses yeux. Il portait toujours le même béret noir enfoncé jusqu'aux oreilles et un long foulard gris orné d'un beau coeur rouge, crocheté par son ancienne amie, qu'il nouait de façon à ce que le coeur fût bien au centre de son cou.

Seule la grosse madame Létourneau qui se désolait de le voir errer comme un traîne-malheur parvint à l'apprivoiser quelque peu car elle remarqua qu'il émiettait souvent du pain autour de sa maisonnette pour nourrir les oiseaux. Émue par ce geste, elle lui apporta ses croûtes, ses biscuits trop cuits, des gâteaux séchés qui «s'égrémillent». Et elle en profitait parfois pour lui faire manger une de ses meilleures tartes au son, disant, pour ne pas blesser sa fierté: «Tiens, vous donnerez les restes aux oiseaux.» Car elle l'avait à l'oeil ce garçon solitaire qui prétendait résister à l'hiver dans sa cabane mal chauffée. «On n'est pas pour le laisser mourir de faim et de froid!»

L'étrange chalet n'opposait aux terribles aquilons et aux poudreries que deux petits calorifères électriques et pourtant, sur la branche du saule qui s'étendait à l'intérieur, les feuilles continuèrent de s'épanouir pendant tout l'hiver.

Le musicien jouait le jour, jouait la nuit; il s'arrêtait parfois pour donner des graines de tournesol aux geais bleus, pour fixer au tronc d'un arbre un morceau de couenne de lard qui faisait le bonheur des sittelles, pour éparpiller sur la neige des cacahouettes que les mésanges, nommées aussi flûtes des bois, brisaient en les coinçant dans les anfractuosités des fortes écorces. Puis il retournait à son piano.

Au début, il interprétait cantabile des pièces mélancoliques ponctuées de silences, de soupirs, des adagios, des andantes à vous briser le coeur. Puis, avec le temps, sa musique se fit plus gaie, plus sautillante. Lorsqu'il s'assoyait à son piano c'est le printemps qui chantait autour de lui. Il composait des morceaux qui étaient des variations sur le chant des oiseaux. Et peu à peu sa cabane, prenant l'allure d'une gloriette, se remplit de roucoulades, de ramages, de babils gazouilleurs comme une charmille dans laquelle s'ébattent les petits noceurs émoustillés qui composent ces volées pépiantes appelées *mariages d'oiseaux*.

La grosse madame Létourneau suivait cette évolution avec félicité mais elle aurait été bien en peine pour en fournir une explication. Elle voyait son protégé, chaque matin, disséminant miettes et graines sur la neige. Il portait toujours son béret noir enfoncé jusqu'aux oreilles et le long foulard gris orné d'un beau coeur rouge qu'il nouait de façon à ce que le coeur fût bien au centre de son cou. Pour le reste, elle ne distinguait, camouflée derrière son rideau, qu'un jeune homme dont les mains voltigeaient sur les touches d'un piano.

C'est qu'un jour de février, le musicien avait remarqué, sur la branche feuillue du saule, une étrange tache rose qui semblait prendre consistance à mesure qu'il développait sa mélodie. Et, une fois qu'il avait particulièrement bien joué, la tache avait pris l'allure d'un petit hibou. «Mais c'est mon hibou rose!» s'était-il exclamé.

Au cours des semaines suivantes, chaque fois qu'il fit de la musique, la tache réapparut sous des formes et des couleurs diverses: «Mais c'est mon pinson d'or!», «Mais c'est mon hirondelle de diamant!». Elle était parfois, perchée sur un coin du piano, une chouette en sucre d'érable le contemplant avec ses deux larges disques faciaux. Elle se dissimulait parfois, perdrix de velours, parmi les coussins du divan, et il posait sa tête sur son corps chaud lorsqu'il s'allongeait, apaisé, pour dormir. Tour à tour oiseau-lyre ou canari de miel, il lui arrivait de concerter avec lui sous la forme d'un violon aux ailes d'arc-en-ciel. Parfois, elle se lovait en un doux nid de plumes où la flûte à bec du musicien allait d'elle-même se déposer. Et parfois c'était le givre enluminant le bas de la fenêtre qui se chantournait pour prendre l'aspect d'un rossignol ou d'un colibri et qui s'envolait dans la pièce en gazouillant des trilles qui devenaient visibles, suspendues en l'air comme une dentelle de frimas.

Le soir, le jeune homme trouvait sur son oreiller un petit bout de papier en forme de coeur sur lequel une main avait écrit: BONNE NUIT. Il en découvrait des rouges, des bleus, des jaunes, un peu partout, dans son assiette, dans son béret, dans ses poches, avec des JE T'AIME, JE T'ADORE. Puis, aux premiers beaux jours du printemps, cette présence mystérieuse s'incarna en une jeune femme de duvet vêtue d'une robe de noce chamois mouchetée de roux. Comme on était aux environs de Pâques, il la nourrissait avec des oeufs de chocolat enrobés de papier d'or qu'il rapportait du marché. Et cette fée soyeuse accompagnait le musicien par des vocalises ailées qui le transportaient dans le plus total enchantement.

Au mois d'avril, le garçon solitaire étonna sa voisine, la grosse madame Létourneau, par son air allègre et ses yeux émerillonnés. Il distribuait des graines aux gros-becs roses en sautillant parmi les bandes d'oiseaux. Et, les extrémités de son foulard se soulevant près de ses épaules, on eût dit parfois qu'il voletait parmi les bourgeons.

Au mois de mai, il monta sur la plate-forme du toit avec une agilité de grimpereau et construisit, sur le modèle de son petit chalet, une cabane d'oiseaux traversée par une branche, qu'il fixa bien haut sous la voûte du saule. Il délaissa le piano pour la flûte à bec et, pendant plusieurs semaines, on le vit se percher sur la toiture de sa maisonnette, à l'aube et au couchant, pour improviser des sérénades et des aubades, tandis que sa belle amie de duvet l'accompagnait avec une voix aux accents veloutés comme ceux d'un léger vent printanier dans les feuilles neuves. Ses voisins trouvaient bien ses concerts un peu matinaux mais ils se réjouissaient de voir qu'il avait découvert le bonheur, et puis sa musique était si simple, si ravissante. Alors on murmurait: «Il joue à des heures de fou, mais c'est un artiste, que voulez-vous...»

C'est la grosse madame Létourneau qui s'inquiéta la première. En juin, on entendait toujours les mélodies, soir et matin, mais personne n'apercevait plus le musicien. Un jour, intriguée par cette absence, madame Létourneau décida d'aller voir de plus près.

Emportant une tarte au son, elle franchit la couronne de pissenlits qui entourait la maisonnette d'une sorte d'auréole d'or, ouvrit la porte: le petit chalet était vide! Table, divan, piano, tout avait disparu.

Et comme elle restait là à contempler ce désolant spectacle, un air de flûte et de piano, un gazouillement harmonieux attirèrent son attention, au dehors, vers la cabane fixée, bien haut, sous la voûte du saule. Et c'est avec une extrême émotion qu'elle reconnut dans l'oiseau qui y modulait le jeune musicien au béret noir dont le foulard gris était devenu de plumes et qui arborait sur sa gorge une tache rouge ayant la forme d'un coeur. Et, rayonnante de béatitude, elle comprit que le rouge-gorge protégeait, couchée au fond de sa cabane, une compagne qui couvait, sur un lit de duvet, deux beaux oeufs verts comme bourgeons de joie.

La fille
arc-en-ciel

à mes amis
Diane et Roch Carrier

> La chenille ne peut pas s'imaginer papillon. De
> même, nous ne pouvons pas vraiment conce-
> voir l'envol merveilleux qu'après la mort nous
> prendrons dans la beauté de l'univers.

On m'avait tout dit sur Paris, me racontait récemment, à l'issue d'un bon souper, l'un de mes amis, grand voyageur, qui n'a jamais publié mais qui écrit de la poésie, et qui fut pendant longtemps journaliste au quotidien *Le Soleil*, à Québec; on m'avait tout dit sur Paris sauf qu'il y pleut six mois par année et qu'on y moisit dans une humidité glacée. Les nuages, incapables de soulever leurs ventres visqueux, s'affaissent sur les maisons, recouvrent la ville comme le chapeau gris d'un énorme champignon.

Après l'hiver, je commençais, par un phénomène de mimétisme, à ressembler au champignon du ciel, mon vieil imperméable d'étudiant en Lettres se décomposant peu à peu en lamelles, élimé, recouvert d'une pruine luisante, lorsqu'un ami, un soir d'avril, me téléphona pour me proposer de l'accompagner aux Saintes-Maries-de-la-mer. Il s'y rendait pour une fin de semaine; je sautai sur l'occasion, j'achetai une toute petite tente orange et décidai d'aller faire du camping en Provence pour une période indéterminée.

Je ressentis, en quittant le cloaque de Paris, l'euphorie qu'éprouverait un mort s'il pouvait s'arracher à sa gangue de glaise et ressusciter dans la lumière. Le Midi de la France, c'était le pays de Van Gogh, mon peintre préféré, qui tendait ses toiles dans les champs comme des pièges pour capturer le soleil. Il rêvait de l'attraper, de l'étreindre assez fort pour le mêler à sa chair, à son sang, pour se fondre avec lui: il rêvait de devenir soleil. Mais lorsqu'il crut l'avoir enfin saisi dans ses mains, lorsqu'il voulut le presser sur sa poitrine, le malheureux, c'est un coup de feu qu'il reçut en plein coeur. Le Midi de la France, c'était le pays de Mireille ou Mirèio, l'héroïne créée par Mistral, qui avait chanté son histoire passionnée dans un long poème écrit en langue d'oc. Mirèio, égarée par l'amour. Mirèio dont «les joues se colorent de la fleur d'amour» «D'amour si gauto s'enflourèron», Mirèio qui court dans les landes salées de Camargue, qui croit se diriger vers un grand lac bleu mais qui vient mourir, rendue folle par le soleil «uno souleiado», le coeur criblé de flèches de rayons, en l'église des Saintes-Maries-de-la-mer. Et chaque année, à la fin de mai, les Gitans se rendaient en pèlerinage au village des Saintes-Maries; je le savais par Cendrars, poète que j'admirais à dix-huit ans, et qui parlait d'eux dans *L'homme foudroyé*, Cendrars qui disait: «L'écriture est un incendie (...) Écrire, c'est brûler vif (...) Mon amour était tel que je craignais de tomber foudroyé.» La Provence, pays du feu et des mirages. Mais à vingt ans — et j'avais vingt ans — on ne redoute par les mirages: on vit dans un mirage!

À vingt ans, on est constamment ivre: ivre de jeunesse. L'air qu'on respire est un alcool. À vingt ans, on s'avance, bras ouverts, dans la vie, titubant d'illusions, les yeux dilatés d'émerveillement, pleurant, riant en pâmoison devant une fleur, un oiseau, une jeune fille, devant la beauté du monde qu'on découvre pour la première fois. «Quand sias jouine, la bello causo!» «Quand on est jeune, la belle chose!» avait écrit Mistral.

À partir d'Arles, le Rhône se divise, ouvre deux longs bras bleus jusqu'à la mer, et dans ses bras il tient une île, une île en forme de triangle, une île sauvage, foisonnante de joncs, qui est le nid du soleil. C'est là que le soleil vient dormir, chaque soir, blotti dans les roseaux, et c'est de là qu'il monte, à l'aube, déployant ses ailes de rayons.

Cette île c'est la Camargue qui se compose en fait d'une multitude d'îlots et de marécages. Vaste plaine couverte de savanes où ondoient de sinueux serpents de vent, où broutent des troupeaux de taureaux noirs, où piaffent dans l'écume des hardes de chevaux blancs qui semblent surgir des salines comme des chevaux de sel.

Un long chemin-reptile glisse parmi des volées d'aigrettes, de canards, de bécassines, de courlis et conduit, tout au bord de la Méditerranée, à une autre île, une île de sable où se dore au soleil, tapi comme un lézard, sous les écailles rousses de ses toits de tuiles, le petit village des Saintes-Maries-de-la-mer.

J'installai ma tente à l'extrémité ouest de cette étroite bande sablonneuse, à deux kilomètres environ du village, sur cette plage magnifique où se rejoignent la Méditerranée et l'embranchement du fleuve appelé Petit-Rhône. On dirait que cette île, ondulée de dunes souvent déplacées par les vents, continue le roulement des houles, et j'avais l'impression délicieuse d'habiter sur la mer, entre deux vagues de sable, ou bien entre les seins chauds d'une femme. J'avais l'impression d'être un lilliputien errant sur les formes douces du corps nu d'une femme dont les menus poils se transformaient en longues herbes flexueuses.

Deux jours après notre arrivée, mon ami repartit pour Paris. Un matin, lorsque je me levai, il n'était plus là. Je restais seul en ce lieu étrange. Et, tout un été durant, je connus là une plénitude que je n'ai plus jamais retrouvée par la suite.

Le soleil se levait en face de ma tente, dans la mer, et se couchait derrière ma tente, dans les lagunes. Chaque matin, je me rendais au village, à pied, musette en bandoulière, pour chercher du pain, un oeuf, un litre de rouge et du pâté, pour remplir ma gourde à la fontaine publique auprès de laquelle bourdonnaient quelques vieilles femmes vêtues de noir.

À la limite du village, face aux miroirs scintillants des marais salants, se dresse une statue représentant Mireille au moment où son esprit, affolé par l'amour et la lumière, se remplit de vertiges. Mais le monument le plus étonnant, c'est l'église, l'église qui ressemble à la fois à un navire de pierres rousses échoué depuis plus de huit siècles dans les sables et à un château fort ébréché dont le sommet, surmonté d'une tour, est ceint d'une couronne de créneaux. La légende rapporte qu'après la mort du Christ, quelques-uns de ses disciples dont Marie-Jacobé, mère de saint Jacques le Mineur, Marie-Salomé, mère de saint Jacques le Majeur et de saint Jean l'Évangéliste, accompagnées de leur servante noire Sara, auraient été abandonnées par les Juifs de Jérusalem sur une barque sans voile, sans rames et sans provisions. Guidée miraculeusement, la barque serait venue accoster aux Saintes où chaque année, en mémoire de l'événement, à la fin du mois de mai, se rassemble une foule de pèlerins. Les Provençaux rendent hommage aux Marie, tandis que les Gitans,

100

subitement venus on ne sait d'où, célèbrent la fête de leur patronne, sainte Sara dite l'Égyptienne.

J'errais, émerveillé, de l'avenue Van Gogh à la rue Victor Hugo, de l'avenue Aubanel à la rue Roumanille, de la rue Daudet à la rue Mistral: le village, enjolivé par ces beaux noms d'artistes, de poètes, s'ouvrait pour moi comme un livre précieux aux pages enluminées de fleurs, et j'avais l'impression de marcher sur les syllabes colorées d'un poème géant. Et quand j'allais, le coeur rempli de chants d'oiseaux, de la rue Bizet à la rue Gounod, les rues du village devenaient les lignes d'une portée; l'église, au ventre rondelet, à la tour rousse érigée vers le ciel bleu, prenait l'allure d'une clé de sol de féerie, et je me promenais, heureux, comme une note de musique, dans cette partition de pétales, d'ailes, de lumière.

Je faisais quotidiennement ce trajet, depuis ma tente, sur le bord du Petit-Rhône, jusqu'aux Saintes-Maries, en compagnie de mon ami le soleil qui me suivait partout comme un chien fidèle aux longs poils de rayons jaunes. Parfois, entre les dunes, sur un nid de salicornes et de saladelles, apparaissait une curieuse maisonnette au toit de chaume, aux murs de crépi blanc, entourée d'un enclos de roseaux, le dos tourné au nord d'où il arrive que des vents furieux se précipitent sur la plaine de Camargue. Dans ces habitations vivent les gardiens de troupeaux qu'on appelle *gardians* et qu'on voit passer, à l'aube et au couchant, coiffés d'un large chapeau, montés sur un cheval blanc, tenant à la main la longue hampe d'une pique terminée par un trident.

Cette plage, séparant ma tente du village, ressemblait à un désert dont le vallonnement harmonieux n'était déparé que par cinq ou six blockhaus en ruine, fortins de béton construits lors de la guerre; deux de ces abris, partiellement démantelés, à moitié enfouis dans le sable, comportaient, à l'époque, une pièce habitable, très humide, au sol recouvert de paille. Le soir, je montais sur la carapace ronde du blockhaus le plus rapproché de ma tente, et je regardais le soleil éclabousser les macérages. On aurait dit un peintre maladroit, descendant de son échelle, à la fin du jour, et renversant ses seaux de couleurs sur la surface miroitante des étangs. Et c'est alors que se produisait le prodige qui faisait mon enchantement: la Camargue est le seul endroit où j'ai vu le coucher de soleil rebondir, si je peux m'exprimer ainsi. Toute la couleur répandue sur les eaux, en effet, remonte momentanément dans le ciel: ce sont les volées de flamants aux ailes roses qui s'élèvent des herbes aquatiques, et regagnent, avec des *ouac, ouac* d'outardes, leurs aires de repos nocturne.

Un matin, je vis surgir, stupéfait, une étrange créature qui se carapatait entre les buttes de sable. C'était l'hurluberlu qui vivait dans le blockhaus le plus éloigné de ma tente. Il me supplia, yeux vitreux, cheveux hérissés, de lui prêter vingt francs, somme exigée pour éviter d'être accusé de vagabondage par les gendarmes. Je ne lui avais pas aussitôt mis l'argent dans la main que deux policiers se pointèrent, essoufflés. Après vérification de nos papiers d'identité, ils durent s'en retourner, extrêmement déçus de n'avoir pas pu embarquer mon saugrenu voisin.

C'était un égaré sans malice qui se disait artiste et voulait qu'on l'appelle Soulèu. Il barbouillait à l'occasion sur des toiles des spirales de peinture rouge, éprouvant en lui-même, prétendait-il, les girations vertigineuses du soleil et des galaxies. Il portait toujours la même chemise et les mêmes jeans tachés de rouge. Tout l'après-midi, il m'entretint des différents types d'hallucinations qu'il recherchait dans l'opium, la morphine, l'acide et le kif. Puis, pour me remercier de l'avoir sauvé du cachot, il m'emprunta encore quelques francs, se rendit au village et revint les bras chargés d'oignons, de tomates, d'aubergines, de piments, de courgettes, et me fricota une remarquable ratatouille qu'il réussit à faire cuire dans ma gamelle, car il lui arrivait parfois de travailler comme cuisinier dans un mas pour se procurer l'argent nécessaire à l'achat de ses drogues. Il m'amusa beaucoup, tandis que nous gueuletonnions, en faisant des imitations loufoques de militaires, de politiciens et particulièrement de prêtres qu'il appelait des calotins et des ratichons.

Mais je n'avais pas besoin de Soulèu pour divertir ma solitude, car je me sentais de moins en moins seul dans cette contrée. La chaleur du soleil, rafraîchie par la mer, avait parfois la douceur d'une peau de jeune fille. Les longues herbes des dunes ondulaient comme des cheveux d'une blondeur délicieuse. Chaque fois que je me promenais sur la rive du Petit-Rhône, des massifs de lavande s'essayaient à me séduire en m'envoyant des baisers de parfum bleu. Lorsque je m'allongeais sur la plage, je sentais des mains invisibles frôler mon corps. Je m'abandonnais avec volupté à ces caresses de la nature, et j'avais l'impression de fleureter avec les fées lumineuses du paysage.

Je vivais dans un au-delà du temps d'où le vent sournois, pourtant, semblait s'entêter à vouloir me déloger en dégageant les piquets de ma tente qu'il me fallait constamment replanter. J'ai vraiment cru, aux Saintes-Maries-de-la-mer, être entré de plain-pied dans l'éternité et ma joie stridulait comme les petites cymbales d'or d'une cigale.

Un matin, aux abords du village, j'aperçus les premiers Gitans. Pour la plupart, ils faisaient leur entrée dans des roulottes fixées à de vieilles automobiles rouillées ou peinturlurées. Mais il en était d'autres qui arrivaient du fond des légendes, à bord d'inquiétants chariots traînés par un âne ou une haridelle: cliquetis de casseroles suspendues à l'arrière, des enfants pieds nus sur la route, un chien misérable attaché par une corde à l'essieu.

Le village se transforma bientôt en un indescriptible capharnaüm. Les femmes, tripatouillant dans une lessive monstre, fixaient des cordes aux arbres maigres et pavoisaient les rues d'oripeaux. Ce ne fut plus qu'un grouillement de marmaille, de poules, de canards, de lapins. Chaque famille avait son ancêtre, ratatinée comme pomme d'automne, magicienne hirsute clopinant par le village en harcelant les gens pour leur dire la bonne aventure. À ceux qui refusaient, elles lançaient des médailles et jetaient des sorts en crachant par terre avec une conviction de voyantes.

Le jour de la fête, toute cette cohue se masse dans l'église. À la fin de la messe, une trappe s'ouvre dans le plafond: un cabestan déroule sa chaîne piquée de roses qui descend lentement la châsse des reliques des saintes dans le choeur. On chante des cantiques. Chacun porte un cierge à la main; l'air de cette espèce de caverne qu'est l'église-forteresse se sature rapidement de fumée. On tousse, on se bouscule et tout le monde se retrouve dehors pour la procession.

Des curieux sont montés sur les toits. La statue de Sara, portée par les Gitans, émerge de la foule. Une dizaine de *gardians* à cheval, trident au poing, ouvrent la marche. Suivis de Provençales en costume national: robes longues, cols de dentelle, gracieuses coiffes blanches, des hommes soulèvent sur leurs épaules une curieuse petite barque contenant les statuettes des deux Marie. Les bannières claquent dans le vent. La tête de la procession atteint la plage où un prédicateur palabre debout dans une embarcation hissée à demi sur le sable. Les Gitans entrent dans les vagues jusqu'à la ceinture. On se frotte les muscles avec cette eau, on s'en dépose à l'emplacement du coeur, les femmes enceintes s'en appliquent sur le ventre. Et soudain, dans un mouvement d'euphorie, on arrose Sara à pleines mains, on se jette à l'eau, on plonge tout habillé dans la mer.

Au retour, la statue de Sara et la barque des saintes sont exposées dans le choeur d'ombre de l'église, au centre d'une auréole de lumière créée par l'unique hublot du mur arrière, qui ressemble à l'oeil de Dieu.

Les bohémiennes baisent le visage noir de Sara, l'enveloppent dans leurs cheveux, lui parlent, écoutent longuement, l'oreille collée au dos de la statue, sanglotent, lui reparlent, l'effleurent, trembleuses, du bout des doigts, se vident de toutes leurs peines, lui confient leurs espoirs. Elles suspendent des ex-voto au cou de leur patronne, la recouvrent de foulards colorés, la vêtent de petites robes et de menus châles confectionnés expressément pour elle comme des fillettes qui habillent une poupée.

La nuit venue, les Gitans couchent dans leurs bras, comme des femmes éperdues d'amour, leurs belles guitares aux hanches chantantes et les caressent avec tant d'adresse et de passion que tout le village, vibrant de musique, se métamorphose en une guitare géante aux cordes de rayons de lune. Assis aux terrasses des cafés, des chanteurs échangent à distance des plaintes désespérées au sujet d'un amour à jamais perdu, et je songe que le nouveau-né, expulsé du ventre de sa mère, entre dans la vie en pleurant, je songe que tout homme pleure, dès sa naissance, un amour à jamais perdu. Naître: la grande blessure que seule peut fermer la mort. Les bouteilles de vin circulent de bouche en bouche. Des danseurs de flamenco, la figure incendiée par l'alcool, tournent scintillants de joie sauvage; on les dirait, par instants, couverts d'étincelles tant ils exultent de jeunesse parmi les crépitements des mains qui claquent.

On appelle *trévo*, en provençal, ces lutins qui dansent à la pointe des ondes quand la lune fait miroiter les eaux. Et c'est ainsi que peu avant l'aube, lorsque je retournai vers ma tente, m'apparut cette foule de romanichels ivres festonnant de lueurs les houles noires de la nuit.

Je restai couché, tout le jour suivant, et je fus visité en songe par une jeune Gitane vêtue d'une longue jupe fleurie, d'un veston d'homme trop grand pour elle, chaussée de souliers rouges à talons hauts. Elle insistait pour me dire la bonne aventure mais lorsque je lui tendis ma main, elle retint un cri d'effroi: «J'ai peur pour toi, murmura-t-elle, car tu n'as qu'une seule ligne énorme: la ligne de cœur. Tu es amoureux d'une femme immense comme la mer et brûlante comme le soleil.» Elle disparut et j'aperçus, déployée dans le ciel, une vaste chevelure colorée comme un arc-en-ciel. «Madamisello arc-de-sedo» dit en provençal une voix inconnue. Mal réveillé, je rampai hors de ma tente pour admirer cette mademoiselle arc-en-ciel mais je reçus en pleine figure une poignée de sable.

Accourant sur ses longs pieds volants, le vent froid du nord, le mistral, commençait à faire peur aux oiseaux dans les lagunes et à toupiner comme un fou parmi les dunes. Je me rendis néanmoins au village pour chercher de l'eau et des provisions, mais les Gitans s'étaient envolés comme si le vent les avait balayés d'un coup. Le mistral, peu à peu, prit des allures d'ouragan. Les maisonnettes aux murs de crépi blanc se tapissaient derrière leurs palissades de roseaux. Les longues herbes, effarées, fouettaient le sable avec leurs cheveux. La mer se hérissa comme une fourrure grise qu'on frotte à rebrousse-poil. À mon retour, je trouvai ma tente complètement enroulée sur elle-même, à peine retenue au sol par deux derniers piquets. Je fus incapable de la redresser et, traînant ma petite habitation de toile derrière moi, je dus chercher refuge dans le blockhaus avoisinant.

Ce fortin de béton m'offrait heureusement un abri sûr car il devint bientôt presque impossible de circuler au-dehors. Sur la fin du jour, le mistral se déchaîna avec la violence d'un de nos grands blizzards de janvier. Il soulevait le sable comme nos poudreries soufflent la neige, ravageant les vergers, s'attaquant aux rares bataillons de cyprès tassés comme des hallebardes, bourrelant le paysage, frappant à coups de poings les marécages qui se violacèrent comme des ecchymoses.

Il y avait dans le blockhaus un lit de camp en assez piteux état. Je le disposai en travers de la vieille porte de bois afin que personne ne pût entrer pendant mon sommeil, et je m'y allongeai, enfoui dans mon sac de couchage. Au milieu de la nuit, je fus éveillé en sursaut; on heurtait à la porte, on poussait. J'ouvris. Deux femmes pénétrèrent accompagnées d'un cheval. Elles étaient exténuées et se frottaient la bouche et les yeux remplis de sable. J'allumai une bougie. L'une des deux femmes, que je distinguais mal dans la pénombre, pouvait avoir une quarantaine d'années. Elle était grassouillette et s'appelait Shirley. Dès qu'elle eut repris son souffle, elle s'alluma un petit cigare et me présenta sa fille, Julie, âgée de dix-huit ans, toute délicate, encapuchonnée d'un foulard, emmitouflée dans un poncho. Elles étaient Américaines. Elles arrivaient des îles Baléares après avoir séjourné au Maroc et en Espagne. Elles avaient acheté ce cheval, quelques semaines plus tôt, aux environs d'Arles. Elles couchaient habituellement à la belle étoile. Elles n'allaient nulle part.

Je fis chauffer du café, je leur offris du pain et un litre de vin que Shirley avala goulûment. La mère et la fille s'installèrent, pelotonnées l'une contre l'autre, sur la paille qui jonchait le plancher, et je repris place sur mon grabat.

Le vent continua de s'abattre en tourmentes jusqu'au début de l'après-midi. Puis la tempête cessa d'un coup et la chaleur revint avec le soleil. Nous nous empressâmes de sortir dans la lumière. J'avais peu observé, par discrétion, mes deux visiteuses nocturnes, mais je m'étais étonné d'un délicieux parfum de lavande qui, après leur entrée, avait peu à peu embaumé l'intérieur du blockhaus. Une fois dehors, je fus bouleversé en apercevant Julie. La jeune fille, se dégageant de son poncho tel un papillon de sa chrysalide, semblait voleter à la pointe des douces herbes. Vêtue de jeans et d'une blouse de coton indien brodée d'oiseaux multicolores, on eût dit que son sourire radieux créait autour d'elle une sorte de halo de joie qui vibrait comme des ailes. Et sur son dos flottaient ses cheveux bleus qui étaient des cheveux de lavande. Elle courut pieds nus, sémillante, dans l'écume de mer, et ses petits cris de bonheur étincelaient sur le bleu du ciel comme une volée de pluviers.

La mère, elle, fumait un court cigare en faisant promener le cheval dont la robe devint mauve et dont la crinière se déploya en une gerbe de lavande. Julie, montant la bête, partit au galop sur le sable vitrifié de sel de la plage qui éclatait sous le choc des sabots. À son retour, nous nous rendîmes au village chercher de l'eau et de la nourriture. Nous longions les marécages faisant lever des bécasseaux rieurs qui semblaient jaillir des motifs brodés sur la blouse légère de la jeune fille.

108

Je réinstallai ma tente, les deux femmes continuèrent d'habiter le blockhaus, et les jours suivants s'écoulèrent pour moi dans la béatitude. Nous ne tardâmes pas, Julie et moi, à devenir inséparables. Nous nagions dans la mer, nous nous étendions sur la plage, nous tenant par la main, au centre d'un grand coeur dessiné sur le sable. Je lui confectionnais des bracelets et des anneaux luisants avec des joncs. J'enfouissais ma tête dans sa chevelure de parfum bleu. Nous étions si émus que nous restions de longs moments à nous effleurer le visage du bout des lèvres, incapables de nous embrasser vraiment tant nous tremblions d'extase. Nous ignorions, dans notre candeur, que le spectacle de l'amour accentue la souffrance des malheureux, et nous continuions de nous mugueter sans porter attention à la pauvre Shirley qui vidait des litres de rouge, assise près du blockhaus, en marmonnant, se parlant à elle-même: «Crazy heart... crazy heart...» Car Shirley se savait désormais la maîtresse du Temps. Elle faisait parfois de grands gestes de la main comme pour chasser cet amant tyrannique qui, chaque nuit, l'étreignait avec tant de violence qu'il lui laissait des rides sur la peau.

Un jour que nous reposions, enlacés, sur la plage, les cheveux de Julie couronnés d'un diadème de fleurs, Shirley revint du village en compagnie de cet effaré de Soulèu. Il nous contempla, riboulant des yeux, complètement ivre, une bouteille de pastis à la main. Puis il commença d'élucubrer: il proféra des invectives à l'adresse de la mer, il parlait d'attraper des poissons, de les peindre en rouge, de les lancer dans la Méditerranée comme des explosifs. Il imita, titubant, les grands élans de bras d'un soldat qui décapsule des grenades et les jette vers un ennemi. Puis il pouffa de rire s'amusant de ses pitreries, et nous partîmes tous les quatre en direction des Saintes-Maries.

Shirley exultait. Pour célébrer sa joie, je lui tressai une couronne avec des joncs: j'y piquai des plumes de mouettes et deux plumes roses de flamants provenant du *trésor* que Julie et moi avions commencé de constituer. Je m'étais fixé, à la manière des Indiens, une longue rémige de goéland à l'arrière de la tête. Julie portait fièrement sur le bout de son nez une petite feuille triangulaire de peuplier, petite feuille collante que j'y avais appliquée avec minutie car, dans notre code d'amour, elle identifiait la jeune fille comme une princesse de la nature et signifiait à tous qu'elle était ma favorite.

C'est dans cette tenue d'apparat que nous prîmes place à la terrasse d'un restaurant. Le patron nous servit des moules, des tellines, coquillages minuscules cuits dans un bouillon de vin et d'herbes aromatiques. Il apporta une grande soupière de bouillabaisse embaumant l'ail et le laurier, dans laquelle flottaient des langoustines. Puis ce fut un plat de terre rousse rempli de cubes de boeuf baignant dans une sauce au cognac fleurant le thym et le romarin.

Après ce repas de fête, nous nous rendîmes aux arènes où venait de débuter une course de vachettes sauvages à la mode de Provence, c'est-à-dire sans mise à mort. Une fanfare faisait un vacarme à tendance espagnole. Le toril s'ouvrit, une vachette sortit en trombe, filet de bave aux naseaux. Elle fit le tour de la place, s'immobilisa au centre en grattant du sabot. Les razeteurs professionnels, vêtus de blanc, s'avancèrent en exécutant des zigzags. Leur main droite crispée sur de petits crochets en forme de doigts, les razeteurs sont habiles et parviennent à enlever une cocarde, morceau d'étoffe fixé entre les cornes pointues de la bête.

Puis ce fut le tour des amateurs qui soulevèrent l'hilarité en se faisant poursuivre par la vachette et en sautant par-dessus la barricade au moment où ils allaient être encornés. Quelques-uns y laissèrent même des lambeaux de culotte. Un gros court s'avança d'un pas sûr, reçut l'animal de plein fouet, l'empoigna par les cornes, fut soulevé de terre, reprit pied sur le sol et parvint d'un coup de muscles formidable à faire pivoter l'animal qui s'allongea vaincu sur le sable. On l'acclama longuement, lui lançant des chapeaux et des fleurs. Soudain, Soulèu fut dans l'arène. Titubant, il bascula sur le dos, se releva, salua la foule, agita sa casquette rouge en guise de cape; la vachette le chargea en pleine poitrine. Avec la chance proverbiale des ivrognes, notre trompe-la-mort reçut une corne de chaque côté du corps, vola pendant quelques secondes, tête aux genoux, rebondit dans la poussière. La bête furieuse allait le piétiner, les razeteurs parvinrent à détourner son attention en lui jetant des capes sur les yeux. Soulèu se releva, salua de nouveau la foule et s'affaissa de tout son long, s'empêtrant dans ses espadrilles.

Transporté jusqu'à son banc, il reprit son souffle et, quelqu'un lui ayant offert une rasade de vin, il parut tout à fait dégrisé. C'est à cet instant que j'aperçus, tout en haut des gradins, la grassouillette Shirley agitant ses deux plumes roses à bout de bras et menaçant de sauter dans le vide comme un grand oiseau. En quelques enjambées, je fus près d'elle et la retins d'une main, ne la brusquant pas pourtant, de peur d'abîmer son rêve; tant qu'elle se prenait pour un flamant, c'était toujours ça de gagné sur le temps.

Un matin, Shirley et Soulèu, soulevés comme fétus par le vent qui recommençait à dégager les piquets de ma tente, nous quittèrent en projetant de se rendre à Djerba, île de Tunisie que quelqu'un leur avait décrite avec enthousiasme. Ils pousseraient peut-être même jusqu'à Ceylan. Il ne s'agissait nullement pour eux d'un voyage ordinaire mais du

Voyage, du Voyage ultime vers la Terre Promise, ainsi que ne cessait de le répéter Shirley; petit cigare au bec, bouteille de pinard au poing, elle parlait pour eux deux, en anglais, langue à laquelle son compagnon ne comprenait pas un mot, et ce songe-creux de Soulèu se contentait d'acquiescer, sa trogne illuminée par l'alcool et par un sourire béat. Shirley investit dans l'entreprise ses derniers chèques de l'American Express, affirmant qu'une fois là-bas elle et Soulèu allaient être nimbés d'éternité. Après avoir franchi le seuil du Paradis, ils allaient refermer la porte derrière eux et oublier pour toujours la misère et la médiocrité de la vie.

Après leur départ, Julie quitta le blockhaus pour venir habiter dans ma petite tente. Je ne cessais de m'émerveiller devant cette jeune fille à la chevelure de parfum bleu, mais ce n'est qu'à partir de ce moment qu'elle me révéla la multiple splendeur de ses charmes. Un matin, relevant comme des ailes ses cheveux de lavande qui embaumaient notre nid d'amoureux, elle tourna vers moi deux grands yeux roses qui s'épanouissaient dans son visage comme deux églantines. Il rayonnait autour d'elle une aura de bonheur, et j'acquis vite la certitude que tant que je vivrais à l'intérieur de ce cercle magique je ne connaîtrais jamais ni la souffrance ni la mort.

Je buvais à ses lèvres, comme à la pulpe d'un fruit, le suc de l'amour. Je promenais ma langue sur sa nuque, ses seins, ses cuisses tel un papillon qui déroule sa trompe dans le calice d'une fleur: je m'enivrais du nectar de sa beauté.

Notre tente s'ouvrait avec la volupté d'une corolle de lys orange. Mon amie y allongeait sa délicate nudité de pistil, et mes mains caresseuses l'effleuraient pareilles à ces anthères de velours qui ressemblent à de petites pattes de lapins. Je déposais sur son corps des baisers d'étamines, nous dormions enlacés, nous vivions éternels dans le coeur d'une fleur.

J'avais connu, en mon adolescence, d'autres jeunes filles, et si brièvement parfois qu'un de mes compagnons les avait baptisées *les éphémères*. De l'une à l'autre le portrait de la Femme s'était peu à peu précisé, chacune représentant en quelque sorte un trait de crayon, une touche de couleur sur la toile enchantée où devait un jour se dessiner le visage parfait de l'Aimée au-delà de laquelle allait cesser tout désir, de l'Aimée qui allait donner à tous les êtres de la nature le signal de la Grande Fusion. Et Julie était cette femme qui mettait un terme à ma quête éperdue de tendresse.

Au fil des jours, ses longs cheveux se mirent à changer de teintes. Il lui arrivait de planer au-dessus des dunes, ses cheveux vibrant dans l'air comme les ailes de gaze d'une libellule. Son corps parfois s'ouvrait comme les flancs d'une barque et je m'y couchais, rêveur: nous partions sur la mer, barque vélivole emportée à la cime des vagues avec la légèreté d'une plumule. Et parfois, pour la nuitée, les cheveux noirs de Julie scintillaient de bijoux d'étoiles, et le croissant de la lune la couronnait d'un diadème d'opale.

Elle portait une blouse blanche transparente, à peine vallonnée par ses petits seins nus, une blouse brodée d'entrelacs qui lui donnait l'allure d'une conque burinée par le bercement des grands fonds marins. Je pénétrais dans l'intimité mystérieuse de son être accordé aux rythmes de l'océan; bouleversé depuis toujours par la beauté des coquillages, je me lovais, heureux, dans les spires de sa chair.

Il y eut des journées de tramontane où je m'enfouis, à l'abri, dans le corps de Julie comme en l'une de ces maisonnettes à toit de chaume habitées par les *gardians* des Saintes-Maries.

113

Lorsque les dunes s'illuminèrent de coquelicots, Julie déploya d'immenses cheveux pourpres, et ses yeux devinrent bleus comme ceux innombrables et envoûtants de la mer.

Ses cheveux verts, parfois, dansaient autour d'elle, semblables au feuillage plumeux des tamaris, et je me glissais tel un doux vent parmi leur frissonnement chanteur.

Certains jours, elle déferlait, langoureuse, sur la plage, en houles qui s'ouvraient comme de grandes lèvres: je plongeais en elle, je nageais en elle.

Notre passion, toutefois, devint progressivement si intense que je redoutai, à un moment, de m'embraser, de périr consumé par elle. À l'aurore, lorsque Julie sortait de ma tente, sa chevelure s'enflammait et l'emportait jusqu'au zénith où elle se confondait avec le soleil. Elle restait pourtant intimement reliée à moi et j'avais l'impression de marcher sur la plage comme un enfant qui retient par un fil un cerf-volant rouge. J'étais le maître du soleil. Et c'est dans mes bras, le soir, que ma bien-aimée aux cheveux de flammes revenait dormir. Elle se rafraîchissait en plongeant sa tête de feu dans la mer, en ressortait rubannée d'algues, mais elle demeurait si éblouissante que j'éprouvai peu à peu de grands vertiges à force de la contempler, à force d'étreindre son corps rutilant de rayons.

De semaine en semaine, le rivage s'anima d'une foule de vacanciers qui auraient pu perturber notre bonheur, mais nous niâmes jusqu'à leur existence, et, tout l'été durant, nous nous aimâmes éblouis parmi les cigales d'or de la lumière.

Tout l'été durant, j'eus mille et mille mains pour caresser les mille et mille beautés de mon amoureuse, et à aucun moment il ne m'effleura l'esprit qu'elle pourrait tout à coup se fragmenter en particules et m'échapper en se disséminant dans l'espace. Ce n'est qu'avec la venue de l'automne que cette angoisse, brusquement, s'empara de moi. Cette jeune femme aux charmes chatoyants m'apparut soudain innombrable, insaisissable comme ces ténus lutins de reflets qui dansent à la cime des vagues et dont l'image s'irise dans les miroirs de la mer.

Je voulus m'emparer d'elle, la retenir contre mon coeur, mais les vents froids recommencèrent à balayer sans pitié les plaines désertiques de la Camargue emportant à chaque tourmente des volées d'oiseaux et des pétales de fleurs. Tout se passa très vite et notre amour s'évanouit comme une brume fugace qu'une rafale échevelle et dissout.

Un soir, alors que nous soupions, assis à l'indienne sur le sable, selon notre habitude, j'allais offrir, à même un litre de rouge, une gorgée de vin à mon amie lorsque je constatai avec effroi qu'elle n'était plus à mon côté. Je me mis à boire pour calmer ma nervosité, et je m'aperçus que l'ivresse me permettait de la reconstituer. Je parvins à la recomposer, par morceaux, à la dissocier des nuages en fuite qui s'éparpillaient à toute allure sous l'éclairage lugubre de la lune, et je l'entraînai dans ma tente où j'essayai de la retenir jusqu'à l'aube en l'étreignant avec désarroi entre mes bras.

Par la suite, chaque fois qu'elle fut sur le point de se désagréger, je bus davantage comme si l'émerveillement qui jusque-là m'avait tenu lieu d'ivresse menaçait de se dissiper. Mais Julie devint peu à peu si vulnérable, si fragile que la moindre brusquerie du vent suffisait à l'emporter loin de mon coeur, à la dissoudre parmi les embruns qui tremblent sur la mer. Elle glissait, impuissante, ses mains tendues vers moi, le front ceint d'une couronne de coquelicots. Puis il se mit à pleuvoter, à faire du crachin, et ma belle amoureuse m'échappa de plus en plus en volées

115

de gouttelettes qui semblaient jaillir en larmes de ses yeux dilatés par la peur. J'entrais alors dans une grande fureur, houspillant la bourrasque ou je sombrais dans l'effarement, errant sur la plage avec les gestes extravagants d'un chasseur de chimères, pareil à un enfant qui essaierait de capturer dans son filet d'invisibles papillons. Je suivais les traces délicates de ses pieds nus sur le sable, je voyais ses pistes onduler à l'infini sur les houles des dunes mais elle, mon amour, je ne la voyais plus.

Un combat s'engagea entre les averses froides qui criblaient l'île et les retours du soleil qui aiguisait ses rayons comme des épieux pour perforer les meutes de nuages noirs lancés à sa poursuite. Un jour que je m'étais rendu au village pour y chercher des provisions, je fus en proie à tant d'anxiété prémonitoire que je m'arrêtai à une buvette où j'avalai coup sur coup plusieurs verres de pastis, ne cessant qu'au moment où j'eus dans la bouche un écoeurant goût de réglisse. Lorsque je repris le chemin du retour, le soleil, chassant subitement la grisaille, fit irruption avec tant d'intensité que je fermai les yeux comme si je m'étais engagé sur la surface aveuglante d'un miroir. L'air crépitait autour de moi. J'avançais, titubant, sur le sable durci en une croûte étincelante par le sel, et je fus bientôt entouré par une danse de hautes flammes de verre à la pointe lancéolée. Je refermai mes deux mains sur mon coeur pour le protéger contre une telle agression, m'étonnant de cette soudaine hostilité du soleil dont j'avais fait jusque-là mon meilleur ami. Je ne retrouvais plus rien du merveilleux accord qui avait harmonisé les forces de la nature pendant toute la durée de l'été. Quelque chose était en train de se briser dans l'équilibre du paysage, et cette rupture m'emplit l'esprit de vertiges. Je m'abattis face contre le sol y creusant hâtivement un petit trou en quête d'un peu de fraîcheur où abriter ma figure.

Sur la fin du jour, le vent, qu'on aurait dit tapi sournoisement dans les marécages, bondit avec fureur, barbouillant de cumulus d'encre le ciel rougeoyant. Et la pluie recommença de tomber. C'était comme si notre amour avait érigé, en forme d'anneau, un barrage autour de l'île parvenant à contenir le cours du temps à la manière d'un fleuve qu'on ne saurait endiguer indéfiniment. Et ce barrage venait de crever, le temps reprenait son empire, et ses flots tumultueux voulaient tout emporter. Le ciel et la mer, mêlant les rondeurs noires de leurs houles d'eau et de nuages, se confondaient en un même océan où je me sentais ballotté comme un naufragé. Je me remis debout et j'entrepris de me diriger vers ma petite tente mais ce ne fut que pour apercevoir Julie au loin, très loin sur la mer. Elle s'agrippait à la crinière d'un cheval d'écume grise qui l'emporta sous les flots. Je poussai des cris, je fis des gestes vains pour la retenir, j'empoignai les longues herbes des dunes en pleurant comme pour m'accrocher à ses cheveux mais je n'y trouvai plus que des herbes froides. Cette fois, je compris que je venais de la perdre à tout jamais et les cigales d'or de la joie cessèrent de chanter dans mon coeur.

Toute la nuit durant, la toile de ma tente s'agita comme la voile d'un navire en détresse et, le matin suivant, le niveau de la mer s'était tellement élevé que les vagues venaient battre contre mon sac de couchage. Je démontai ma tente sous des torrents de pluie et cherchai de nouveau refuge dans le blockhaus. Dans ces pays de lumière où il cesse de pleuvoir pendant des mois, les pluies d'automne se déversent avec une telle abondance qu'elles engendrent de véritables inondations. Pendant les deux jours que dura ce déluge, le blockhaus fut entouré d'eau comme une petite île.

En proie à l'accablement, craignant de perdre la raison après un tel crève-coeur, je m'y claquemurai ne voulant plus rien savoir de l'univers mais le fortin de béton n'était plus qu'un gîte infect. Les campeurs avaient transformé l'endroit en latrines y laissant des tas de détritus parmi lesquels des scarabées hideux poussaient à reculons des boules d'excréments qu'ils enfouissaient dans le sable pour s'en nourrir et y pondre leurs oeufs. J'installai de nouveau le lit de camp en travers de la porte de planches et m'y allongeai incapable de reposer, obligé de chasser à coups de pieds les souris qui trottinaient sur ma couverture de laine. Un matin, je fus violemment basculé du grabat. Un policier, revolver au poing, venait de forcer la porte d'un coup d'épaule et m'intimait l'ordre de sortir. Il me conduisit, dans sa voiture, jusqu'à la gendarmerie. On cherchait un homme qui avait tué un habitant des Saintes-Maries avec une barre de fer. J'avais une mine patibulaire, ne m'étant pas rasé depuis des mois, la peau cuivrée par le soleil. On communiqua avec la métropole pour faire vérifier mon passeport puis on me relâcha au bout de quelques heures. Il faisait froid. Les nuages bas, semblables au rideau de scène déchiré d'un théâtre hanté, s'effilochaient dans les lagunes désertées de merveilles. Tout amour est un rêve, me répétais-je, un rêve qu'on fait toujours seul. Et celui qui s'éveille se retrouve hagard dans le lit froid de la douleur. J'allai récupérer le plus rapidement possible mes effets et je retournai à Paris en faisant de l'auto-stop.

Au cours des années qui suivirent, j'ai cru retrouver Julie dans chaque femme dont la beauté retenait mon attention. Je l'ai attendue, j'ai espéré qu'elle allait revenir. Puis j'ai fini par comprendre qu'il arrive fréquemment qu'à vingt ans un jeune homme tombe amoureux de la beauté du monde. Mais il est rare, par contre, que la beauté du monde s'incarne pour lui, qu'elle accepte de se réduire à l'étroitesse de ses proportions. J'ai connu, moi, ce bonheur de l'avoir à moi tout un été, de caresser son corps, de l'aimer avec mon coeur et ma chair. Mais il n'y a qu'à vingt ans qu'on peut éprouver une telle qualité d'amour, s'abandonner tout entier à l'émotion, sans analyses, sans précautions, sans plate distinction entre le rêve et le réel. Il n'y a qu'à vingt ans qu'on peut supporter une telle intensité: «Quand sias jouine, la bello causo!»

À vingt ans, on se croit unique, original, on fait tout pour affirmer son individualité. C'est la première fois qu'on vient sur la terre et l'on entend bien que cela ne passe pas inaperçu. À quarante, on ne devient plus qu'un fragment de l'espèce humaine. Et je suppose qu'au moment de la mort on se confond tout à fait, dépersonnalisé, avec la matière. C'est un cycle. Dans la première partie de ce cycle, l'homme consacre tous ses efforts à se dresser hors du magma originel. Dans la seconde, il sent qu'il retourne vers le magma et, s'il est sage, il se prépare à s'y mêler. Tant que j'ai été très jeune, je me suis cru solide, monolithique. J'avais l'impression que mes cellules se resserraient les unes contre les autres pour me donner une consistance granitique. Et tant que cette impression a duré, j'ai espéré retrouver Julie, j'ai voulu posséder à moi tout seul toute la beauté du monde.

Mais, en vieillissant, on devient peu à peu poreux, friable. Les vents auxquels je résistais si facilement à l'époque des Saintes-Maries se sont mis un jour à effriter mon être. Quand j'ai pris conscience de cette friabilité, j'ai cru qu'il s'agissait d'un grand malheur, mais, en y réfléchissant, c'est peut-être la vie de l'homme, cette période au cours de laquelle il se retrouve concentré en un individu solitaire qui est un grand malheur. L'homme n'est pas heureux dans cette existence médiocre, restrictive, et peut-être ne connaît-il la béatitude que lorsqu'il se dissémine et danse, enfin libre, parmi les atomes colorés de l'univers.

Je fus et je reste à jamais l'amant de la beauté du monde. Elle m'a fait l'honneur de me visiter jadis dans ma petite vie, cette fois c'est moi qui irai la rejoindre dans son immensité. J'ai voulu tout ramener à moi alors que j'appartiens à tout. Peut-être n'est-ce encore là qu'un mirage mais c'en est un de la maturité. Il est facile de croire aux mirages à vingt ans, mais, à quarante, il y faut beaucoup de lucidité, un grand pouvoir de fabulation, une volonté opiniâtre. Ce n'est plus de l'ingénuité, mais de la science, de la sagesse. Il faut savoir se créer de beaux rêves somptueux afin de les habiter comme d'autres se construisent des maisons pour se mettre à l'abri et y vivre heureux.

Il me plaît, donc, défiant la désillusion, de m'enchanter en me persuadant que je suis sur le point de retrouver ma petite amoureuse de Camargue. Mais elle aura, cette fois, les dimensions de l'univers. Je l'ai étreinte, jadis, espérant la mêler à moi-même; je ferai mieux désormais: je me fondrai avec elle!

C'est grâce à ce mirage en tout cas si je connais aujourd'hui une certaine sérénité du coeur. Et ma conviction n'est probablement pas erronée puisque, depuis quelque temps, il arrive que Julie revienne par moments, par fragments. Je ne suis pas aussi seul qu'on le croit lorsque je déambule dans la nature, car il est fréquent que le bras d'une femme, semblable aux vrilles tendres du liseron rose, s'attache à mon bras.

Je commence à me résorber, petit à petit, en particules, au gré des vents du temps. Et j'ai la certitude qu'à la toute fin je m'envolerai, dispersé en poussière multicolore, irisée comme les gouttelettes d'une averse d'été traversée par la lumière, et j'irai me confondre avec la beauté du monde. Je m'envolerai, léger baiser, jusqu'au corps nu de ma bien-aimée, et j'irai me mêler pour toujours aux chatoiements voluptueux de sa chevelure immense déployée dans l'univers comme un éternel arc-en-ciel.

La luciole

Marcel Dubois avait toujours aimé le papier. Il n'aimait pas la lecture, il redoutait même, sans trop savoir pourquoi mais attribuant cela à son *gros bon sens*, le contenu des livres mais il aimait le grain, l'odeur du papier: il ouvrait des revues, des volumes juste pour y mettre son nez et humer.

Il n'avait pas longtemps fréquenté l'école et c'est le plus naturellement du monde qu'il s'était retrouvé, à vingt-sept ans, ouvrier papetier dans une usine de Trois-Rivières.

Cet été-là, pour ses vacances, il ne savait pas trop où aller. Il commença par passer quelques jours chez ses parents, à Sorel, puis, obéissant spontanément à ce qu'il nommait un *besoin de vallonnement*, il se mit en route vers le comté de Charlevoix.

Confortablement installé au volant de sa camionnette *Mirage* de Toyota, il roula pendant des heures s'émerveillant de la beauté sauvage du paysage. Habitué aux plaines de la vallée du Saint-Laurent, c'était pour lui une sensation extraordinaire que de se retrouver dans les montagnes de Charlevoix, un dépaysement total. Chaque fois qu'il descendait à grande vitesse une pente abrupte pour remonter comme en bondissant une côte qui le conduisait de nouveau sur le sommet d'un mont, il répétait à voix haute: «On dirait des vagues. On se croirait sur la mer!» Tout à son enthousiasme, il se laissa envahir sans se méfier par l'étrange enivrement qui s'insinuait dans son être à la suite de tant de brusques plongées dans des gouffres et de tant d'ascensions rapides vers les nuages.

En fin d'après-midi, lorsqu'il s'arrêta au village de Saint-Joseph-de-la-Rive, il s'étonna du léger vertige qui s'était emparé de son esprit et l'attribua à une sorte de *mal des montagnes*. Pour se reposer de ces émotions, il se rendit visiter la papeterie Saint-Gilles où il écouta avec beaucoup d'intérêt les explications d'un artisan relatives au fameux papier qu'on y fabrique à la main à partir de chiffons et dans lequel on incruste des soies de bouleaux, des feuilles ou des pétales de fleurs. Il acheta des enveloppes et dix feuilles de papier incrusté de pétales de salicaires et comme il ne connaissait pas cette plante, l'artisan lui dit: «Il y en a un peu partout dans les champs à cette période-ci de l'année. Quand vous apercevez un pré tout rose c'est qu'il est couvert de salicaires. Il y a aussi les épilobes qui sont roses mais les fleurs de salicaires poussent plutôt en forme de queue ou de brosse à bouteille tandis que celles de l'épilobe, plus hautes, se rassemblent en grappes qui ont un peu l'allure d'un cône.»

Quand on quitte Saint-Joseph-de-la-Rive, il faut gravir une montée si escarpée qu'on a l'impression d'être à bord d'un avion au moment du décollage. Le lendemain matin, lorsqu'il reprit la route, Marcel Dubois se retrouva de nouveau ballotté par les houles des montagnes et peu à peu revint s'installer en son esprit le léger vertige qui ressemblait à un début d'ivresse.

Alternant avec des zones touffues de forêt, les prairies découpées en sections de différentes couleurs semblaient étalées sur le versant des monts comme des courtepointes mises à sécher au soleil.

126

C'était comme si toutes les femmes de Charlevoix, aidées par quelques fées, s'étaient employées à confectionner ces chefs-d'oeuvre d'artisanat avec des carreaux de fleurs jaunes, des carreaux d'avoine d'or, des carreaux de sarrazin blanc duveteux comme une neige cousus entre eux avec le point de croix des clôtures. Et chaque fois que Marcel aperce-vait un grand carreau tout fleuri de rose, il s'excla-mait: «Tiens, des salicaires!» ou bien «Tiens, des épi-lobes!» s'exerçant à distinguer l'une de l'autre ces deux plantes qui rivalisent de beauté en parant, au mois de juillet, les abords montueux du fleuve.

En fin de journée, il parvint au Saguenay, en franchit les eaux noires à bord du bateau traversier et se retrouva sur la Côte-Nord, à Tadoussac. Il connaissait de renom cet endroit mais ce qu'il vit dépassait de loin les descriptions qu'on lui en avait faites. Tout, à Tadoussac, était si beau qu'il décida de s'y arrêter pendant quelques jours.

Pour commencer, il s'offrit un copieux filet de morue à la terrasse d'un hôtel ancien. Mais, comme il savourait la chair tendre du poisson, la radio qui jusque-là avait présenté de la musique se mit à diffu-ser une émission religieuse animée par quelque groupe de pastorale locale. Il s'agissait d'une imita-tion des spectacles à grand déploiement offerts par ces prédicateurs américains qui ressemblent plus à des directeurs de cirque qu'à des apôtres. Des choeurs, soulevés d'une jovialité frelatée, alternaient avec des lectures d'extraits du Nouveau Testament, le tout entrecoupé de façon saugrenue par des annonces de bière. À tout moment, l'animateur, avec cette voix balsamique, lénifiée, comme gargarisée avec les saintes huiles, cette voix d'extra-terrestre, de ressuscité qui caractérise les spécialistes de l'âme, reprenait en leitmotiv: «Voici bientôt le terme de vos souffrances. La joie s'en vient! La joie s'en vient! Préparez-vous à accueillir la joie!» Ulcéré par ces propos, Marcel Dubois s'empressa de terminer son repas, se leva de table et entreprit de faire une longue promenade par les rues déclives du village. Il avait toujours eu horreur des prêches et des exaltés de tout poil et, à plusieurs reprises au cours de l'après-midi, son *gros bon sens* s'était indigné devant des inscriptions peintes en lettres blanches sur les rochers: LISEZ L'ÉVANGILE, CRAIGNEZ DIEU, LA JOIE S'EN VIENT.

Il traversa la rue des Pionniers, s'attarda un moment à observer d'un oeil critique les jeunes gens hirsutes, portant guitares et sacs à dos, qui flânaient devant l'Auberge de jeunesse, et dès qu'il parvint au sommet du raidillon appelé rue Bord de l'eau le spectacle qui s'offrit à ses yeux lui fit oublier sa contrariété. «On se croirait sur une autre planète!» s'exclama-t-il.

C'est la traversée du fjord Saguenay qui crée cette impression d'isolement qu'on éprouve à Tadoussac, l'impression d'être sur une île étrange toute mamelonnée de montagnes. Le soleil couchant éclairait la mer, les hauteurs de Pointe-Rouge et les eaux de la baie émaillées de voiliers. Marcel Dubois descendit jusqu'à la plage, se promena sur la terrasse au plancher de bois rouge, admira la toute petite église au toit rouge qui est la plus ancienne église de bois construite en Amérique, la maison Chauvin, reconstitution du premier fort érigé en Nouvelle-France, admira le Grand Hôtel Tadoussac avec son double lanterneau, ses cheminées, ses lucarnes et son toit de tôle rouge. «Ça fait beaucoup de rouge pour un si petit village...» observa-t-il.

Et il reprenait sa déambulation, se dirigeant vers le bout de la jetée, lorsqu'il aperçut, près des bateaux de plaisance amarrés, une jeune personne blonde, toute délicate, vêtue d'une courte robe écarlate qui laissait à découvert ses cuisses nues. Il se demanda d'abord s'il ne s'agissait pas d'une illusion d'optique due à sa trop longue observation du toit du palace Tadoussac car cette jeune femme semblait papillonner dans le soir, s'évanouissant soudain pour réapparaître un peu plus loin. De fait, lorsqu'il parvint sur le musoir du quai, elle n'était plus là. «Ça y est, se dit-il, il m'est tombé du rouge dans l'oeil...»

Mais il la vit apparaître de nouveau, sur le chemin du retour, au bout de la rue Cale-Sèche où elle se confondit subitement avec un massif d'épilobes dont les grappes de fleurs vacillaient comme des flammes sur le bleu du crépuscule.

Il la revit encore sur la rue des Bateliers puis sur la rue des Montagnais et chaque fois, après avoir scintillé comme un feu-follet dans sa robe écarlate, elle s'évanouissait sans laisser de traces. On aurait dit une mouche à feu géante dansant dans cette nuit de juillet pailletée de lucioles.

Le lendemain matin, lorsque notre voyageur revint se balader sur la terrasse de la baie, de grandes masses de brume semblaient à l'ancre sur la mer comme des goélettes fantômes, mais le soleil eut tôt fait de disperser cette flotte et le jour s'annonça si beau que Marcel sauta dans son *Mirage* et fila jusqu'au bout de la route du Moulin à Baude, à quelques kilomètres du village. À cet endroit, le paysage se transforme en une sorte de désert où alternent des buissons et des dunes de sable. C'est là qu'on trouve une falaise qui domine spectaculairement la mer et sur le flanc de laquelle se pratique un sport original: le ski sur sable.

Marcel loua une paire de skis, des bottes, des bâtons et se laissa dévaler sur la pente raide. Il tenta de pratiquer le slalom pour ralentir sa course mais il s'empêtra et roula jusqu'au bas de la côte, c'est-à-dire sur la plage. Il s'amusa de cette situation se retrouvant assis sur le sable, au bord de la mer, les pieds chaussés de skis, en plein soleil d'été, mais son sourire diminua lorsqu'il se vit obligé de remonter, chargé de tout son bataclan, par l'escalier interminable, jusqu'au sommet de la déclivité. Suant à grosses gouttes, il dut s'asseoir à plusieurs reprises pour reprendre son souffle, cette brusque descente ayant en outre ranimé dans son esprit le vertige qu'il appelait le *mal des montagnes*.

Sur le chemin du retour, encore secoué par sa chute, il conduisait distraitement lorsque surgit devant lui, sur la chaussée, la jeune femme blonde à la robe écarlate. Il freina pour ne la point heurter. Elle émergeait d'un bouquet d'arbrisseaux où elle venait de cueillir un cassot de framboises. Maintenant qu'il la voyait en pleine lumière, il admira sa grande beauté et lui proposa de la ramener au village.

— Vous êtes à pied?

— Non.

— Pourtant, je ne vois pas d'auto.

— Je ne suis pas en auto, je suis en reflet.

— En quoi?

— En reflet. Je n'ai pas besoin d'auto, je glisse comme un reflet sur l'eau. Mais j'accepte votre invitation.

— Comment t'appelles-tu? s'enquit-il lorsqu'elle eut pris place à son côté.

— Je suis la joie, répondit-elle le plus naturellement du monde. Et pour l'instant je n'ai pas de nom car il ne m'en a pas encore donné.

— Il! s'étonna Marcel, mais la jeune femme, le minois épanoui par un lumineux sourire, regardait le paysage sans répondre.

130

— Écoute! se fâcha-t-il, si tu es une exaltée religieuse, dis-le tout de suite et je te fais descendre.

— Religieuse? Je ne connais pas ce mot-là. Qu'est-ce que ça veut dire?

Elle paraissait vraiment surprise et le dévisageait en mâchouillant un long brin d'herbe.

— Tu manges de l'herbe? lui lança Marcel, pris de court, agressif.

— Mais oui et c'est pour ça que j'ai les yeux verts. Je suis comme les chats. C'est parce que les chats mangent de l'herbe qu'ils ont les yeux verts.

Cette fois, Marcel se retint pour ne pas pouffer de rire. Il avait compris: il s'agissait d'une fille délurée qui se moquait de lui en répondant avec humour à ses questions banales.

— Je travaille à Trois-Rivières, dans les pâtes et papiers, enchaîna-t-il, mais je suis né à Sorel. Je suis Sorelois. Toi, d'où viens-tu?

— Moi? Je suis Soleilloise. Je suis née sur le soleil. Je vais, je viens. Je me promène d'une planète à l'autre. Mon vaisseau spatial est posé sur la mer, là-bas. Je l'ai laissé au large. Ça ne présente pas de problème car je glisse sur l'eau comme un reflet. Tu vois? Il ressemble à une toupie.

Marcel, complètement interloqué, jeta un coup d'oeil inquiet vers le large. Il y distingua en effet une sorte de toupie rayée de blanc et de rouge mais la chose était fort loin et il n'aurait pas su dire s'il s'agissait d'un bateau ou d'un phare. «Ça y est, se dit-il, j'ai fait monter une cinglée. Ce doit être l'une de ces *flyées* de l'Auberge de jeunesse.» C'est par ce terme qu'il désignait les personnes dont les propos, le comportement ou la façon de se vêtir dérogeaient par leur originalité du monde conventionnel où il avait l'habitude de vivre.

Faute de mieux, et parce qu'elle était vraiment très jolie, il accepta néanmoins la compagnie de cette *flyée.* Ils achetèrent un pain, des tomates et s'en allèrent pique-niquer au belvédère qui surplombe le village.

Vu du haut de ce promontoire, le panorama est grandiose. Profondément encastré dans les Laurentides moutonnées d'arbres, le Saguenay roule ses eaux noires dans le fleuve, si large et si salé, à cet endroit, qu'on l'appelle communément: la mer. «C'est beau», dit Marcel qui mangeait son sandwich debout près du garde-fou. «C'est tout ce que ça te fait?» s'indigna la jeune femme dont la robe se mit à briller d'un éclat si insoutenable que Marcel dut mettre ses verres fumés. «C'est tout ce que ça te fait? Tu ne vois donc pas qu'elle te désire?» «Elle me désire? Mais qui donc?» rigola Marcel en jetant un coup d'oeil autour de lui et en lorgnant une Américaine dans la cinquantaine, grassouillette, qui prenait des photos et qui, coiffée d'un large chapeau beige, ressemblait à un hamburger. «Qui donc me désire?»

— Mais la terre! La terre! s'impatienta sa jeune compagne. La terre est femme. La terre c'est une boule de femmes. Ce que tu prends pour des montagnes, ce sont des seins, des cuisses, des genoux, des croupes, des hanches. Tu es ici sur le mamelon d'une femme géante. Les Indiens le savaient, eux, qui donnèrent à cet endroit le nom de *tatoushak* qui signifie mamelon dans leur langue. Mais toi tu ne comprends rien! La terre est là qui te berce sur son corps, la terre est là qui t'invite à faire l'amour avec elle et tu ne comprends rien! La terre est une boule de femmes qui t'aiment. Tu ne vois donc pas tous ces pubis roses?

— Des pubis roses? Ce sont des touffes d'épilobes, répliqua Marcel, fier de faire étalage de ses connaissances en botanique.

— Non, ce sont les pubis roses de la terre. Chaque fois qu'une femme est amoureuse, les poils de

132

son pubis se colorent en rose. Je te l'ai dit, la terre est en amour avec toi, elle te désire mais tu ne comprends rien.

Marcel dut bien admettre qu'il y avait dans tout ce vallonnement du paysage quelque chose qui, d'une certaine façon, pouvait évoquer les rondeurs délicieuses d'un corps de femme. Il dut bien reconnaître qu'il n'était pas insensible à cette espèce de respiration énorme des montagnes, à cette sensation de bercement qu'on éprouve à force de se laisser soulever par ces hautes houles vertes mais son *gros bon sens* refusa de concéder davantage. «C'est sans doute une fille qui lit trop, raisonna-t-il, une fille qui vit dans les romans et ça lui a dérangé les esprits...»

— C'est beau, quand même, des montagnes et, dit-il en plaisantant, j'en apporterais bien une petite en souvenir pour mettre dans mon jardin. Car, dans mon coin de pays, c'est vraiment platement plat. Pas la moindre ondulation sur des kilomètres et des kilomètres.

— Pourquoi n'en emportes-tu pas? s'étonna la jeune femme.

Elle ramassa un beau caillou rouge, le déposa dans un bocal de plastique, le recouvrit de terre, l'arrosa d'un peu d'eau: «Tiens, c'est une graine de montagne. Rapporte-la chez toi et il va pousser une montagne.»

Marcel supporta tout l'après-midi les propos aberrants de cette femme dont la beauté exerçait pourtant sur lui une extrême séduction. À un moment, désignant de minuscules érables qui croissaient à profusion sur le sol, elle dit: «Tu vois, pour les petits êtres qui habitent sous ces arbres, nous sommes des colosses. Nous sommes tellement gros que nous ignorons même leur existence et nous les écrasons sous nos pieds énormes sans même nous en rendre compte. Eh bien! c'est la même chose pour les humains. Au-dessus d'eux se meuvent d'autres êtres si grands qu'ils ne les voient pas et lorsqu'ils posent un peu trop lourdement un pied sur la planète, le sol est secoué et les gens appellent ça des tremblements de terre... Et au-dessus de ces géants existent d'autres géants encore plus grands et ainsi de suite. L'univers est fait comme ça: c'est comme des poupées gigognes qui s'emboîtent les unes dans les autres...

— Écoute, finit par rouspéter Marcel, c'est amusant tout ce que tu racontes mais tu vis dans les nuages, tu n'as pas les pieds sur la terre. Par moments, je trouve que tu dérailles un peu...

— Moi? répondit-elle, mais je me comporte en femme fictive, tout simplement. C'est normal!

Marcel jugea sage de ne pas argumenter davantage. Au coucher du soleil, ils allèrent marcher sur la promenade en bordure de la baie. Lorsqu'il fit tout à fait noir, le jeune homme s'aperçut que la robe écarlate de son amie continuait d'émettre de la lumière et il se dit: «Pas étonnant que je l'aie prise, hier soir, pour une mouche à feu.» Puis, comme elle n'avait pas de gîte, il lui proposa de passer la nuit avec lui. «Mais avec plaisir, répondit-elle, c'est tout naturel puisque j'apporte la joie!»

Ils rentrèrent au motel. Marcel s'allongea sur le lit. «Elle est complètement timbrée, réfléchissait-il en regardant évoluer son amie dans la chambre, elle a dû lire trop de livres... Mais, dans un coin perdu comme ici, j'ai quand même de la chance d'avoir avec moi une aussi jolie fille.» Au moment où elle retira sa robe, Marcel resta figé de surprise en constatant que les poils de son pubis étaient roses. Et comme la robe semblait tissée avec des rayons, la jeune femme la déposa dans le tiroir d'une commode pour que la pénombre se fasse dans la pièce.

Lorsqu'elle fut nue, Marcel bondit vers elle, la souleva, l'étreignit sur sa poitrine en s'exclamant:

«Je te tiens dans mes bras comme si je venais de capturer la joie!» Cette phrase lui avait échappé spontanément et il se dit: «Ça y est, à force de l'entendre divaguer, je commence à parler comme elle...»

— Mais je suis la joie! affirma-t-elle. Je te l'ai dit, ce matin: je suis la joie! Écoute, je vais te raconter mon histoire.

Ils s'assirent, pelotonnés l'un contre l'autre parmi les oreillers.

— Sur le soleil, où je suis née et où j'habite, j'ai onze soeurs. Nous sommes toutes identiques et nous avons toutes vingt ans pour l'éternité. Nous sommes les soeurs Lajoie et notre rôle c'est d'aller porter un peu de joie sur les planètes de notre galaxie. Nous sommes très occupées, comme tu le comprends sûrement.

«Nous avons toutes le même âge mais nous ne sommes pas toutes nées en même temps. Ma soeur la plus ancienne est née il y a des millions d'années. Nous apparaissons comme ça à intervalles très irréguliers. Moi, je suis la plus récente, je viens à peine d'avoir vingt ans et je suis très naïve. Mes soeurs, qui avaient jadis visité la terre, m'avaient déconseillé d'y venir car votre planète a très mauvaise réputation. Les habitants de l'espace la considèrent comme le nid du malheur et souhaitent n'avoir jamais de contacts avec elle. Moi, j'ai répliqué: «Mais si c'est la planète qui a le plus besoin de joie, raison de plus pour que j'y aille!» Eh bien! j'y suis venue, j'ai vu vos villes infernales pleines de vacarme et de démence. J'ai vu vos guerres, vos famines, vos injustices, vos meurtres, vos bombes et je me suis réfugiée, terrifiée, dans ce petit village où il fait encore bon vivre. J'ai compris que la terre est femme, qu'elle voudrait être aimée par les hommes mais j'ai vu partout les hommes lui percer le corps avec leurs machines, la taillader de blessures béantes, la souiller. Ils ne répondent à son amour que par la haine. Ces hommes-là, ai-je été obligé de conclure, sont des dégénérés; ils ont complètement perdu le sens de la beauté, ils ont perdu l'émerveillement, la poésie. Mes soeurs avaient raison, me suis-je dit, ces hommes-là ne méritent pas la visite de la joie.

«Je ne reviendrai donc plus jamais sur votre planète et si mon vaisseau spatial n'était pas en panne il y a belle lurette que j'en serais partie. Demain matin, de toutes façons, s'il ne démarre toujours pas — je crois que son moteur est enrayé par l'air pollué — je partirai quand même. Je m'en irai en reflet, c'est moins rapide mais je finirai bien par retourner sur le soleil... Malgré tout, je suis contente de t'avoir rencontré et puisque cette nuit est la dernière que je passe sur la terre aussi bien la passer dans la joie.»

Sur ces mots, elle se jeta au cou de Marcel en riant, le serra très fort puis elle lui couvrit le corps de baisers.

Marcel, qui ne l'avait écoutée qu'à moitié à cause de l'intensité sans cesse accrue de son désir, l'embrassa avec ardeur, ne se rassasiant pas de caresser tant de beauté. Et comme leurs ébats faisaient geindre le vieux sommier de métal, la jeune femme dit, mutine: «Nous sommes couchés sur une harpe. Nous sommes les deux mains d'une harpiste invisible et notre joie est une musique.» Et toute la nuit durant, les deux mains de l'artiste invisible firent monter de l'instrument des harmonies de rire et d'amour.

Un peu avant l'aube, la jeune Soleilloise murmura à l'oreille de son ami:

— Tiens, je sais, subitement, comment je m'appelle. Je m'appelle Lucie parce que ça ressemble à luciole.

— Quoi! ce matin, tu ne savais pas ton nom et maintenant tu le sais, comment cela se fait-il?

s'étonna Marcel qui, comblé de bonheur, se sentait disposé à entendre élucubrer son amie pendant toute la vie.

— Mais c'est qu'Il vient de m'en donner un.

— Il?

— Mais l'auteur, voyons, l'auteur. Nous avons tous un auteur qui écrit notre histoire et lorsqu'Il est las, Il nous fait disparaître. Il arrive qu'on soupçonne son nom mais on ne Le rencontre jamais. Le mien c'est Pierre Chatillon, un écrivain de Port-Saint-François. Tu n'es pas à Tadoussac, tu es dans un conte de Pierre Chatillon!

Cette fois Marcel, malgré un début de somnolence, sursauta:

— Comment sais-tu cela?

— C'est mon intuition féminine qui me le dit... Serre-moi bien fort, je veux dormir dans tes bras.

Elle se blottit contre lui mais à son réveil, au milieu de l'avant-midi, Marcel Dubois, stupéfié, chercha vainement à retrouver son amie. Elle avait disparu sans laisser de traces.

Il prit philosophiquement son parti de la tournure des événements se répétant: «De toutes façons, ça devait finir comme ça. C'était une fille charmante, originale mais vraiment un peu dérangée.»

Comme il faisait de nouveau un temps magnifique, il déambula par le village et alla s'asseoir sur la terrasse de la rue Bord de l'eau. «Tiens, raisonna-t-il ironiquement en remarquant, au large, la chose flottante rayée de blanc et de rouge, son vaisseau spatial est encore en panne.» Mais comme cette chose l'intriguait, il s'informa auprès d'un passant. «Ça? lui dit l'homme, c'est le phare qui indique l'embouchure du Saguenay. À cause de sa forme on l'appelle: la Toupie.»

Marcel passa le reste de la journée à circuler sur la route du Moulin à Baude et à errer par les dunes de sable espérant rencontrer Lucie en train de cueillir des framboises mais il ne la retrouva pas. Au soir venu, il observa la danse clignotante des lucioles mais la robe écarlate de la jeune femme ne réapparut pas. «Je suis quand même un type chanceux, conclut-il avant de s'endormir. Une belle fille comme ça qui me tombe dans les bras à l'improviste et qui me donne une merveilleuse nuit d'amour, ça, j'appelle ça un cadeau de la Vie.»

Le lendemain matin, il franchissait de nouveau le Saguenay sur le bateau traversier. Il était content, somme toute, de son aventure, mais il avait l'esprit préoccupé par un étrange malaise, il avait l'impression d'être en proie à quelque sortilège dont il n'arrivait pas à se débarrasser. C'est donc pressé d'en finir avec les hallucinations engendrées par le *mal des montagnes* qu'il reprit la route. Il coucha à Saint-Tite-des-Caps et, le jour suivant, il se retrouva enfin en terrain plat.

Lorsqu'il parvint à son appartement de Trois-Rivières, pourtant, son inquiétude n'avait fait que s'accroître. D'abord, au lieu d'aller en s'estompant, le vertige causé par les vallonnements de Charlevoix ne faisait que s'accentuer; et puis il y avait ce caillou rouge, cette fameuse *graine de montagne* qu'il avait cru bon de rapporter en souvenir. Elle s'était mise à pousser avec tant de rapidité qu'elle occupait maintenant tout l'arrière de la camionnette, bosselant même la toiture du véhicule qu'elle était sur le point de faire éclater sous la poussée de sa croissance.

Bouleversé par ces enchantements, le jeune homme, faisant fi des mises en garde de son *gros bon sens*, se rendit, le soir même, dans une tabagie afin d'y acheter un livre de Pierre Chatillon. On lui dit qu'il aurait plus de chances de trouver ce genre de bouquins dans une librairie, renseignement qui

138

n'avait rien pour le rassurer car les livres des librairies l'effrayaient plus encore que ceux des tabagies.

Il finit par trouver un exemplaire de *La Fille arc-en-ciel* et s'empressa de rentrer à son appartement pour le feuilleter. Tout de suite, un conte intitulé *La Luciole* attira son attention. Et son effarement fut complet lorsqu'il aperçut son nom et qu'il se mit à lire l'histoire que je suis en train de raconter. Lui qui, jusque-là, s'était contenté de parcourir des revues, des journaux, lui qui n'avait pour ainsi dire jamais lu un livre, voici qu'il se sentait comme hypnotisé par ce texte. «Ça doit être ça que les gens veulent dire, bafouilla-t-il, quand ils disent qu'ils sont pris par un livre.» Il se sentit si captivé par cette histoire qui le concernait au plus haut point qu'il finit même par se sentir capturé.

Alors, dans un puissant effort pour s'arracher à cet envoûtement, il voulut se lever de sa chaise berceuse, chercher dans l'annuaire du téléphone l'adresse de cet auteur et aller même sur-le-champ dire sa façon de penser à cet écrivain qui s'était permis de jouer de la sorte avec son destin mais il était trop tard. Il se sentit happé par le livre et, malgré toutes ses résistances, il se retrouva figé sur le papier. Son corps n'était plus fait de chair mais de papier. Et peu à peu il se transforma en caractères d'imprimerie qui s'assemblèrent sur la page pour composer les deux derniers mots de la dernière phrase de ce conte qui se lit comme suit: ici prend fin l'histoire de Marcel Dubois.

Premier amour

Des fleurs! Des fleurs! À vingt ans, elles sont belles comme des fleurs. Des hautaines, élancées comme des roses à longues tiges, toutes épines de susceptibilité dressées, se rengorgeant dans la pourpre de leurs pétales de velours. Des rieuses dont la gaîté fuse en houppes de lumière pailletant la vie autour d'elles comme d'une profusion de pissenlits. Des timides aux yeux de violettes qui invitent à les découvrir en se dissimulant sous le frisson menu de leurs feuilles de candeur. Des sensuelles comme les pivoines, fleurs de lèvres perlées de gouttes de rosée. Des pudiques au coeur d'or, nimbées d'une neige de pétales, simples et fraîches comme la marguerite des prés. Des enlaçantes comme le liseron qui vous grimpent à l'espalier du corps, poussent jusqu'au coeur les entrelacs subtils de leurs vrilles et vous enguirlandent de baisers roses. Des sensitives comme les ne-me-touchez-pas qui s'effarouchent au moindre contact et propulsent de leurs cosses de nerfs de petits grains noirs de colère. Des exubérantes aux joues picotées de points de rousseur, la corolle ouverte, avide de joie, comme le lis orange. Des rêveuses qui flottent en nénuphars sur les larges feuilles de leurs cheveux. Des délurées, fringantes sur les longues cuisses de leurs pédoncules, éclatantes d'orgueil comme le dahlia rouge. Des discrêtes comme les brindilles jaunes du foin d'odeur qu'on souhaite garder pour toujours près de soi parce qu'elles parfument la vie.

À vingt ans, elles sont belles comme des fleurs. Elles s'épanouissent toutes en même temps et ne demandent qu'à être cueillies, senties, caressées avec douceur. Pour un garçon de vingt-cinq ans, quel vertige que cette fête de couleurs! Il se sent pousser des ailes de papillon, il voltige ivre sur des effluves de parfums, il lutine et butine dans toutes ces corolles de merveilles.

Et puis il y a celles dont on joue comme de la harpe. D'autres, sous la simple pression des doigts, murmurent comme le luth. D'autres, aux hanches de violoncelle, chantent sous l'archet d'une caresse. D'autres rient comme le vibraphone dès qu'on attouche le clavier de leur chair. Et puis il y a celles dont les lèvres s'ouvrent comme l'anche double du hautbois d'amour: il suffit d'y souffler un baiser pour que leur corps entier vibre de musique. Pour un garçon de vingt-cinq ans, gratifié par la nature de mains musiciennes, est-il rien de plus merveilleux que cette harmonie?

Maurice Lafleur fut, à vingt-cinq ans, lorsqu'il loua un petit chalet à Port-Saint-François, ce garçon un peu fou, ébloui par la beauté de la femme. Il avait passé son enfance à Nicolet dans une maison située tout au bord de la rivière, mais chaque été ses parents l'emmenaient, tout le mois de juillet, à Port-Saint-François. Il adorait cette superbe plage; il y apprit très jeune à nager, et chaque retour en ville faisait son désespoir. Adolescent, il s'y rendait le plus souvent possible, à bicyclette, et il rêvait d'habiter un jour cet endroit, à longueur d'année.

À cette époque, ce voeu paraissait tout à fait insensé mais vint un moment où quelques audacieux entreprirent d'isoler les murs et les greniers de leurs chalets avec de la laine minérale, de creuser des caves, d'installer le chauffage à l'huile, de forer des puits artésiens qui donnaient une eau un peu sulfureuse, bref d'affronter l'hiver dans ces cabanes rafistolées à qui mieux mieux.

Puis s'ajoutèrent peu à peu la plupart des commodités modernes et lorsque Maurice eut vingt-cinq ans, c'est dans un chalet confortable, aux larges fenêtres donnant sur le fleuve, qu'il put s'installer pour y vivre douze mois par année et réaliser ainsi le rêve de son enfance.

Mais Maurice était à cet âge un joyeux butineur de nectar, papillonnant de corolle en corolle et musiquant des mélodies voluptueuses sur de ravissants instruments de chair. Enfant, il ramenait à la maison de ses parents tous les chats rencontrés au hasard de ses promenades; c'est probablement cette habitude qu'il conserva inconsciemment et, à vingt-cinq ans, il ramenait souvent à son chalet de belles chattes ronronnantes à cheveux longs. Enivré par leurs parfums, il cueillait ses belles amies comme de grandes fleurs qu'il voulait mettre à l'abri pour toujours dans l'étreinte de sa chaleur.

Une nuit de septembre, alors qu'il dormait en compagnie d'une fleur blonde, il fut réveillé par la sonnerie du téléphone. Il tituba dans le noir jusqu'à l'appareil, décrocha, encore engourdi par le sommeil. «M'aimes-tu?» demanda une petite voix un peu sanglotante émergeant des abîmes de la nuit, «M'aimes-tu?»

Maurice était habitué à ces femmes qui ne se nomment pas au téléphone comme pour se convaincre qu'elles sont uniques au monde et immédiatement identifiables. Il ne répondit pas, essayant en vain de mettre une figure sur cette voix visiblement bouleversée. «M'aimes-tu?... Sans-coeur! Tu ne me reconnais même pas...»

145

Il pensa d'abord à une belle brune qui, après leur rupture, quelques mois plus tôt, l'avait menacé, à l'aube, de s'ouvrir les veines: «J'ai froid, répétait-elle, terrifiée, j'ai épouvantablement froid, je gèle dans tout mon corps, je vais mourir...» Mais Maurice était parvenu à apaiser son angoisse et ils étaient redevenus assez bons amis après cette période d'affolement. Il pensa à une petite fille étrange qui portait toujours une clochette dorée dans son cou. Mais elle venait de partir, seule, sur un coup de tête, avec l'intention d'aller travailler aux vendanges en Provence. Il était douteux qu'elle l'appelât d'aussi loin pour s'enquérir de ses sentiments à son égard.

— M'aimes-tu? reprit la voix mouillée, et la femme inconnue se mit à pleurer.

— Mais oui, je t'aime... bien sûr... je t'ai toujours aimée... je t'aime encore... balbutia-t-il, profondément embarrassé.

— Tu ne me reconnais même pas, répétait-elle. Non, tu ne m'aimes plus...

Il écoutait ses larmes ruisseler tout au fond de la nuit, et ce bruit d'eau prit peu à peu une telle ampleur qu'il se crut brusquement transporté sur le bord de la mer. Et tout à coup il entendit un *plouf*! comme fait quelqu'un qui plonge. On venait de raccrocher.

Abasourdi, Maurice retourna se blottir entre les seins de la fleur blonde qui parfumait son lit comme un sachet de *sent-bon* et il essaya d'oublier ce bizarre appel de détresse venu des profondeurs de la nuit.

Il y parvint assez facilement car l'automne était beau et il se remit à botaniser avec une joyeuse insouciance de mirliflore.

Un matin, vers la mi-octobre, ce fut l'été des Indiens. À cette période de l'année, qui ne dure guère plus d'une dizaine de jours, on dirait que le soleil, pour nier l'approche des grands froids, refuse de continuer son travail d'honnête fonctionnaire cosmique, prend une cuite épouvantable et se met à vaciller dans le ciel comme un homme ivre. On dirait un artiste fou, la face injectée par l'alcool, les rayons en broussaille, qui peinture les arbres de couleurs extravagantes et entraîne les humains dans son accès de démence. Les passions s'exaltent et même les insectes sont incapables d'échapper à cette atmosphère d'orgie qui règne pendant quelques jours sur la terre: les fourmis, d'ordinaire si platement laborieuses, sortent de leurs trous par milliers, se voient soudain pourvues d'ailes, s'élèvent dans les airs, dansent, s'accouplent dans la lumière.

L'après-midi, parfois, il fait aussi chaud qu'en plein coeur de juillet et, au crépuscule, des brumes subites viennent ouater l'espace avec tant d'opacité qu'on est tenté de les repousser avec les mains pour se frayer un chemin dans le soir tombant. Alors les beaux cargos transatlantiques battant pavillons de couleurs mouillent à la lisière du chenal: leurs ancres plongent à grand fracas de chaînes dans les profondeurs noires du fleuve, et leurs cloches de proue commencent leur guet trembleur dans la nuit.

Maurice Lafleur avait pour amie, à ce moment-là, une petite femme châtaine aux larges yeux changeants comme les ocelles d'un paon. Ils s'étaient endormis très tard après avoir dégusté des homards et ingurgité pas mal de Liebfraumilch, oubliant le vent qui tourbillonnait en remous autour du chalet et rabattait la pluie dans les vitres.

Soudain, un peu avant l'aube, ils furent réveillés par quelque chose qui grimpait dans la moustiquaire de la fenêtre. Sur le coup, Maurice crut reconnaître les bonds de son ancienne chatte noire, mais c'était impossible puisqu'il l'avait noyée dans le fleuve, cinq mois plus tôt. Il avait dû se résigner à cette extrémité parce que cette chatte, férocement jalouse, griffait les pieds et les chevilles de ses amoureuses.

Ils restaient assis, figés, lorsqu'une voix étrange l'appela, d'abord avec douceur puis avec plus de détermination: «Maurice... Maurice!» Il bondit en silence et s'en alla vérifier le verrou de la porte. On lui avait déjà fait le coup, en avril. Une jeune femme coiffée d'une tuque du carnaval de Québec avait surgi comme ça vers les six heures du matin en secouant dans une fenêtre une branche de chatons du saule. Deux minutes plus tard, elle se trémoussait dans la maison dont il avait oublié de fermer la porte à clé: «Surprise! Je t'apporte un beau bouquet de minous!» Maurice n'était pas seul, cette nuit-là; il avait enfermé précipitamment sa compagne ahurie dans le placard et s'était enroulé dans un drap comme un fantôme pour aller répondre à l'excentrique qu'il était parvenu, petit à petit, à refouler dehors en prétextant de la fièvre, une grippe, toutes sortes de malaises.

Mais cette fois-ci, la peur progressivement s'empara de lui. Quand les «Maurice! Maurice!» eurent cessé, il souleva un coin du store et se mit à frissonner en constatant qu'il n'y avait personne au-dehors. La pluie seule, drapée de longs voiles de brume, virevoltait dans le clair-obscur en frappant le sol de ses petits talons d'eau dure.

Trois jours plus tard, il fit un songe: il aperçut une femme assise sur la glaise, au fond du fleuve. Elle pleurait, recroquevillée sur elle-même en l'appelant d'une voix malheureuse...

Le lendemain, au plus chaud de l'après-midi — on se serait cru en été — Maurice se rendit à pied au bout du long quai de béton qui s'avance tout près du chenal où circulent les bateaux. Il y alla, mû par une impérieuse attirance, comme envoûté, sans rien comprendre à sa démarche. Il leva les yeux pour contempler le fleuve qui, à cet endroit, s'élargit pour donner naissance à cette espèce de mer qu'est le lac

Saint-Pierre. Elle était là! Elle était là dans toute sa nudité mouvante, irrésistible. Elle était là! Pas la jeune noyée de son rêve, bien sûr, mais l'eau, tout simplement, l'eau.

Comment avait-il pu l'oublier, elle qui avait été son premier amour? Enfant, elle jouait avec lui, coiffée d'un grand chapeau de lumière. Elle était cette fée qui le berçait, nageur inexpérimenté, entre les houles douces de ses seins. Puis, peu à peu, elle lui avait permis de pénétrer en elle, de se laisser couler dans son corps de merveilles. Il y était si heureux qu'il rêvait de se métamorphoser en poisson pour toujours. Il essayait de retenir son souffle le plus longtemps possible dans l'espoir insensé qu'il allait lui pousser des branchies et qu'il n'aurait plus besoin, jamais, de retourner parmi les hommes de la terre.

À l'adolescence, toutefois, son idylle avec l'eau prit une tournure plus trouble. Il s'enchantait de jour en jour au contact de sa chair liquide, de ses cuisses de vagues. Il prit l'habitude de nager de plus en plus longtemps et de s'éloigner de plus en plus de la rive. Chaque élan de ses bras était une caresse pour elle, et, au bout d'un long moment, il la sentait respirer, il n'avait plus d'efforts à fournir, elle le portait sur elle comme un amant délicieusement soulevé par le ventre énamouré sur lequel il repose. Il n'était plus un nageur mais un baiser errant sur les formes lascives de son corps.

Un jour, il se rendit si loin, séduit par les mille yeux scintillants de cette femme, qu'il faillit se perdre en elle comme on s'égare dans une forêt, et qu'il lui fut extrêmement pénible de revenir jusqu'au bord. Il y parvint, épuisé, tentant à chaque brasse de reprendre pied sur un fond qui se dérobait sans cesse. Et lorsqu'il toucha enfin la grève, il eut l'impression qu'une sorte de remous de lèvres tentait de l'empêcher de s'arracher à l'eau.

149

Elle était là, devant lui, au bout du quai, lui reprochant de l'avoir trop longtemps délaissée, rutilante de charmes, s'essayant à l'enjôler encore avec les ondulations de son corps immense et bleu.

Mais Maurice revint sur ses pas, pressé de retourner à ses amours humaines et résolu à se libérer de l'emprise de cette sirène.

Il attendit, toutefois, par prudence, que l'hiver s'installe pour de bon et recouvre le fleuve d'une épaisse couche de glace. Puis il invita son amie Lili à faire du ski sur cette surface. Elle ne se le fit pas dire deux fois et rappliqua au volant de sa Firebird. Les deux compagnons se lancèrent à vive allure dans une randonnée qui ressemblait davantage à une course de compétition qu'à une balade d'amoureux. La fine poudre de neige laissait à découvert, par endroits, de vastes étendues hérissées d'écailles de glace tranchantes comme celles qui luisent sur la peau en dents de scie des grands squales. Ils avaient l'impression fantastique de glisser sur la carapace d'un monstre engourdi par le froid et prenaient plaisir à briser ces denticules avec la pointe de leurs skis.

À un moment, excité par la témérité de son projet, Maurice souleva Lili dans ses bras, l'étreignit sur son coeur. Elle se dégagea, rieuse, et commença avec ses petits poings gantés de cuir une sorte de pugilat galant contre ses épaules et sa poitrine. La période des caresses, avec elle, finissait toujours par prendre l'allure d'un joyeux combat et ils se retrouvèrent bientôt étroitement enlacés sur la surface pétrifiée. On était au début de janvier et, s'il n'avait pas gelé à pierre fendre, Maurice l'aurait prise là, en pleine lumière, sur ce lit de glace et de frimas.

Trois jours plus tard, contre toute logique, le fleuve se mit à monter précipitamment. Avec des craquements de colère, le monstre à carapace dentelée fit le gros dos. On parla d'un embâcle formidable

150

sous le pont de Québec et il se produisit une chose que personne n'avait jamais vue: une inondation en plein mois de janvier.

Contrairement à ce qui arrive lors des crues printanières, la surface ne se rompit pas en morceaux ruisselants qui se fracassent les uns contre les autres, mais elle s'éleva en un seul bloc et s'avança vers les maisons. En moins de quelques heures, elle menaçait le chalet de Maurice sur trois côtés, à deux mètres à peine des soupiraux. Il s'empressa de hausser sur des blocs de ciment les effets les plus précieux remisés dans le sous-sol car l'eau noire s'infiltrait à gros bouillons à la base des fondations. Son propriétaire avait cru bien faire en creusant cette cave dont le fond demeurait de sable, afin d'y placer le réservoir d'huile et la fournaise. Mais, en cas d'inondation, tout le système de chauffage risquait d'être submergé.

Maurice sauta dans sa Volkswagen, franchit avec de l'eau à mi-roues la route qui conduit aux limites de Port-Saint-François et alla acheter une pompe électrique à la Coopérative de Nicolet. Il l'installa du mieux qu'il put, pataugeant en bottes de chasse dans l'espèce de lac glacial qui recouvrait maintenant le fond de la cave. Il entrouvrit l'une des fenêtres pour y dérouler le long boyau chargé de refouler l'eau à l'extérieur. Il tenta d'empêcher le froid de pénétrer en bloquant l'ouverture avec un vieux drap chiffonné et attendit, deux jours et deux nuits, à peu près sans dormir, car la pompe, aspirant le sable mêlé avec l'eau, finissait par se boucher et il devait, chaque fois, remettre ses bottes et descendre l'escalier branlant pour aller la nettoyer.

Un matin, enfin, le fleuve retourna dans son lit presque aussi rapidement qu'il en était sorti. Et d'énormes galettes de glace grise restèrent suspendues aux troncs des arbres, à un mètre du sol. C'était

151

un spectacle grandiose mais terrifiant car on aurait dit que chaque arbre était un doigt figé dans un anneau de glace.

Maurice décida de relever le défi une fois de plus, de ne pas s'en laisser imposer malgré cette irruption qui avait failli broyer son chalet. Et il reprit avec ardeur son agréable vie de vert-galant.

En avril de cette année-là, il tomba amoureux d'une rousse aux longs cheveux. Elle dressait sa tête solaire sur son haut cou avec l'ostentation d'une fleur d'amaryllis au sommet de sa hampe. «Moi, affirmait-elle en riant, avec un humour qui camouflait mal ses ambitions de gloire, moi, j'étais faite pour être la femme de Louis XIV!»

Elle se comportait en tout cas sinon comme l'épouse légitime du moins comme la favorite du grand monarque. Et peu à peu, prenant le chalet de Maurice pour une sorte de petit Versailles, elle entreprit de l'enjoliver avec des meubles anciens qu'elle se procurait dans des encans. Elle entreposa au sous-sol, en vue de les décaper, un curieux divan à un chevet qu'elle appelait sa méridienne et un bureau à tiroirs qu'elle appelait son bonheur-du-jour, pour faire Grande Époque.

Extrêmement variable dans ses humeurs, elle promenait parfois par la maison sa chevelure comme une flamme de joie, mais il lui arrivait aussi, aux jours de colère, de se prendre pour un volcan. Et ces sautes d'humeur donnèrent à Maurice l'occasion d'apprêter de copieux repas pour célébrer les nombreuses réconciliations qui jalonnèrent l'époque de leurs relations.

Un après-midi d'avril, alors qu'il préparait les truites arc-en-ciel en vue d'un souper aux chandelles et qu'il s'apprêtait à recevoir Mademoiselle Amaryllis pour qui il avait acheté un anneau couronné d'un petit cœur rouge, voici que le monstre du fleuve gonfla de nouveau sa carapace denticulée. Et cette fois, exaspéré par ce renouvellement de provocation, il fit éclater sa gangue de glace en énormes blocs qu'il poussa avec véhémence à l'assaut du rivage.

Un de ces blocs, qui fonçait droit sur le chalet, vint buter contre le mur de béton érigé par le Gouvernement, se brisa en deux sections dont la plus grosse glissa jusqu'à quelques mètres des grandes fenêtres. Et l'eau bondit en bouillons. Maurice descendit précipitamment à la cave pour faire démarrer la pompe mais il était trop tard. L'eau glaciale s'engouffrait par les soupiraux avec tant d'animosité qu'il eut tout juste le temps de quitter sa demeure et de fuir au volant de sa Volkswagen qui flottait plutôt qu'elle ne roulait sur des tourbillons glaiseux moutonnant jusqu'aux pare-chocs.

Il s'arrêta dans les terres, loin de Port-Saint-François, pour contempler l'ampleur du désastre. L'eau enserrait tous les chalets dans ses bras liquides et se répandait dans les champs en houleux serpents de cheveux qui y déroulaient leurs torsades bleues. L'eau, dans sa furie, s'auréolait de cette beauté qui caractérisc tous les cataclysmes de la nature et force à l'admiration les spectateurs frissonnants de peur. L'eau superbe comme une belle femme en courroux!

Il coucha à Nicolet et, le lendemain, à son retour, il dut monter dans une chaloupe pour se rendre à sa petite maison. Le fleuve, assuré de son triomphe, régnait apaisé parmi les demeures et les arbres. Les gens sortaient sur les galeries leurs réfrigérateurs, leurs appareils de télévision et des tas de vêtements mouillés. Chez Maurice, l'inondation avait épargné le plancher mais la cave, elle, était pleine à ras bords. Et il recula d'horreur en apercevant flotter la méridienne et le bonheur-du-jour dans une eau vaseuse mêlée à l'huile de chauffage.

153

Chaque nuit, couché chez des amis à Nicolet, il craignit que le fleuve, soulevé par les vents du printemps, n'amplifiât ses méfaits. Chaque jour, il retourna en barque jusqu'à son chalet pour tenter de dégager les boîtes de carton, les draps, les livres, le linge, les coussins immergés dans le sous-sol. Mais il n'était pas question de sortir les meubles tant que le niveau de l'eau ne commencerait pas à baisser.

Au bout de deux semaines, profondément brouillé avec la rousse qui l'avait houspillé comme s'il eût été l'unique responsable de tous ces dégâts, il entra, un soir, dans une brusque colère. Il frappa du poing la table sur laquelle reposaient, telles qu'au jour de la réconciliation, les deux chandelles debout dans leurs bougeoirs, les assiettes, les tasses et la petite boîte contenant l'anneau décoré d'un coeur. Il empoigna l'anneau, sortit sur le balcon et le lança dans l'eau noire en criant: «C'est ça que tu veux? Eh bien! prends-le!»

Le lendemain matin, comme par enchantement, le fleuve commença à se retirer.

Après cette scène au cours de laquelle il avait jeté l'anneau dans le fleuve, Maurice songea sérieusement à s'éloigner du Saint-Laurent pour toujours, mais il avait, par le passé, essayé d'aller habiter en ville, puis à la campagne, et il y avait été si malheureux, si épouvantablement dépaysé qu'il savait ne jamais pouvoir vivre ailleurs qu'à proximité de l'eau.

Il acheta le chalet, le rénova, le fit rehausser et s'y installa pour de bon. Il s'était d'ailleurs créé entre l'eau et lui une sorte d'entente tacite, une sorte de pacte. Ils existaient côte à côte, en paix. Ah! Ce ne fut plus l'émerveillement de leurs amours anciennes car il s'y était substitué quelque chose qui ressemblait à une étrange tension sereine.

L'eau, désormais, laissa Maurice mener sa vie d'homme à sa guise. Il lui arriva bien de s'impatienter un peu par quelques rumeurs lorsqu'il abusait, lorsqu'il se laissait aller à la narguer en cueillant, à l'occasion, une très belle fleur, mais pour l'essentiel elle respecta bien le pacte qui les liait à jamais.

Maurice prit, au cours des ans, l'habitude d'aller marcher, presque chaque jour, jusqu'au bout du quai et il lui sembla, en vieillissant, que le fleuve, s'élargissant comme une mer pour constituer le lac Saint-Pierre, prenait peu à peu la forme bouleversante d'un coeur.

«L'eau est là qui m'attend, se répétait-il, elle toujours prête à m'accueillir, toujours prête à me prendre dans le bercement de son sein, elle toujours prête à m'ouvrir grands les bras. Elle m'attend. Elle n'est pas pressée. Elle m'attend avec une patience cosmique. Elle a l'éternité devant elle.»

Et peu à peu s'installa dans son esprit la certitude redoutable qu'allait venir un jour, bien loin, plus tard, lorsqu'il serait vieux, où il ne pourrait plus résister aux sollicitations de cette envoûteuse liquide qui avait été son premier amour, un jour où, las des éphémères passions humaines, il finirait par se laisser sombrer en elle comme en le coeur immense et bleu de la mer.

Jolicoeur

Sur la fin, Michel restait assis au salon, tard dans la nuit, effaré par la complexité du coeur humain. À quelle période avait-il commencé à souhaiter la mort de sa femme? Cela s'était fait petit à petit. Pendant des mois, regardant distraitement les films de fin de soirée à la télévision, il avait retardé le moment d'aller se coucher car, presque chaque nuit, s'élevaient des discussions plus ou moins amères qui duraient jusqu'aux premières lueurs de l'aube. On s'analysait l'un l'autre remontant aux origines des familles. On accusait des ancêtres d'être responsables des difficultés présentes. Le père aurait dû se comporter de telle façon, la mère de telle autre façon, mais lorsqu'on avait chargé les anciens de tous les maux, on se retrouvait côte à côte dans un lit froid, inchangés et aigris. Michel n'avait plus le goût de sa femme et n'avait plus le goût de personne. Prématurément vieilli par la mort du désir, la rencontre de jolies filles dans les rues de Montréal le laissait complètement indifférent. S'il n'avait pas réussi à faire le bonheur de sa compagne c'est qu'il était incapable de rendre une femme heureuse, c'est qu'il avait échoué non seulement avec cette femme mais avec la Femme.

Puis peu à peu, incapable de trouver la force de la quitter, il s'était surpris à souhaiter sa mort, une mort accidentelle, bien sûr, offrant l'avantage d'éviter toute intervention de sa part. Si elle sortait marcher, il attendait avec anxiété qu'un de ses voisins, avec tous les ménagements d'usage, vînt lui annoncer que son épouse avait été tuée par une voiture conduite par un ivrogne ou par un chauffard. Il rêva qu'un incendie éclatait dans sa maison; lui, assoupi au salon, dans sa berceuse, parvenait à s'enfuir, mais sa femme, dans la chambre du haut, périssait par la fumée. Il avait lutté de toutes ses forces contre ces souhaits qui se formulaient à son insu dans son esprit, épouvanté par l'idée qu'on pouvait désirer la mort d'une personne adorée peu d'années auparavant. Ses cheveux pourtant étaient les mêmes, ses yeux aussi, ses lèvres, son parfum, ses seins, ses cuisses. Qu'est-ce donc qui avait changé? Se pouvait-il que cette femme qu'il voulait voir périr fût celle-là même, absolument la même, qu'il avait aimée à la folie?

Il avait assisté à la naissance d'un autre personnage en lui, d'un double, rempli d'agressivité, qu'il ne connaissait pas et qu'il avait tenté de rejeter en l'appelant: le *monstre*. Mais plus il niait l'existence de cet autre, plus l'angoisse s'accroissait dans son coeur.

Il s'était mis à ingérer des quantités considérables de tranquillisants car il s'affolait à la pensée que ses collègues pouvaient apercevoir le *monstre* qu'il s'efforçait de dissimuler. Il respirait avec difficulté, se sentait observé par tout le monde. Il s'absenta de plus en plus souvent de son bureau; ses patrons menacèrent de le renvoyer. Bientôt, il ne fut presque plus capable de circuler par les rues. Il se croyait épié: la panique s'emparait de lui à l'idée que la moindre anomalie dans sa mise, dans sa façon de marcher, dans sa façon de regarder pouvait révéler aux autres la présence du *monstre* en lui. Pendant un certain temps, il avait accordé une importance maladive à se vêtir de la façon la plus sobre possible afin de n'attirer en rien l'attention. Et sa femme, pour comble, l'avait félicité sur la correction de son habillement. Il avait fini par aspirer à une telle neutralité qu'il en était venu fatalement à désirer ne plus exister.

Un soir de novembre, après une discussion particulièrement pénible, Michel quitta sa maison, n'emportant, sur le coup de l'émotion, que quelques-uns de ses disques préférés.

Il erra toute la nuit par les rues sinistres. Et le lendemain, il loua, sans savoir pourquoi, une petite chambre dans un infect sous-sol de la rue Bishop. Un soupirail donnait, au niveau du sol, sur l'étroite cour intérieure d'une sorte de puits d'aération coincée entre quatre murs de brique noircie par la fumée et la crasse.

Les premiers jours, Michel ne tint pas compte de toute cette laideur. Il restait allongé sur son grabat, ne sortant que pour se rendre, à deux pas de là, au restaurant Royal Star, sur la rue Sainte-Catherine. La vitrine du Royal Star exposait en permanence des plateaux chargés de fruits de plastique et une pile de journaux à potins sur lesquels trottinait parfois une coquerelle brune. Michel prenait place dans une vaste stalle, toujours la même, dont les hauts dossiers lui permettaient de n'apercevoir aucun des clients. Il y commandait un *hot chicken* et un Pepsi-Cola ou un *toasted fried egg sandwich* qu'on lui apportait invariablement avec une tomate de plastique contenant du ketchup.

Mais une nuit, sans prévenir, un vertige, venant des profondeurs de ses entrailles, ébranla tout son être, et Michel se trouva en proie au désarroi. Pressant des deux mains contre sa poitrine, il tenta de ralentir les battements de son coeur mais il n'avait plus aucun contrôle sur ses membres qui se mirent à

161

trembler. Il avait trente-deux ans, il venait d'abandonner son travail de fonctionnaire, de rompre avec dix années de mariage, et voici que la panique s'emparait de lui. Affolé, il regarda les murs de sa chambre, espérant se rattacher à quelque chose de réel, mais rien ne le reliait plus à quoi que ce fût. Il était seul, pas seul dans une ville ou seul dans un pays, comme peut l'être un exilé, il était seul parmi les objets, parmi les humains, parmi les astres, il était seul dans l'univers, il n'avait personne à qui se raccrocher ni sur cette planète ni sur une autre. Il essaya de raisonner ce sentiment d'insécurité délirante, cette crise de solitude cosmique, mais ses efforts restèrent vains. Il se précipita dehors, courut dans la nuit, répétant à voix haute: «Qu'est-ce qu'on fait dans une crise comme ça? Qu'est-ce qu'on fait dans une crise comme ça?» Il aurait voulu s'agripper aux passants, les retenir par leurs vêtements, trouver quelqu'un à qui parler. Hagard, il finit par s'engouffrer dans une taverne et se mit à boire avec nervosité entretenant un monologue exalté avec des soûlards qui ne l'écoutaient pas. Lorsqu'il réintégra sa chambre, enfin calmé, il s'affaissa sur son grabat, abruti par l'alcool.

Le lendemain, de peur que la crise ne recommence, il reprit le chemin de la taverne Queen's. Il y retourna chaque soir pendant des mois, faisant recouvrir sa table de verres de bière qu'il sirotait l'un après l'autre, occupé seulement à rester le plus longtemps possible dans cette salle enfumée afin de ne pas retrouver la neige tourbillonnant au-dehors et sa chambre au silence insupportable. Il ne parlait plus à personne, regardant distraitement le téléviseur qui diffusait, à plein volume, une joute de hockey. Il se sentait glisser hors du réel, se désintéressant totalement de l'heure, du lieu, du nom des rues conduisant de sa chambre à la taverne Queen's. Dans la vie, songeait-il, on avance de déception en déception jusqu'au jour où c'est la vie elle-même qui nous déçoit et alors il ne reste que la mort. Il lui paraissait de plus en plus certain, lors des rares moments où il lui arrivait encore d'esquisser quelques pensées, qu'après la mort les âmes devaient errer ainsi, dans quelque horrible cité nordique de l'au-delà, en se saoulant sans arrêt pour oublier l'éternelle désillusion qui faisait suite à leurs anciens rêves de Paradis.

Il ne demandait plus qu'une seule chose à la vie: le sommeil, le bon sommeil, et pour plonger le plus profondément possible dans ce sommeil, il ingurgitait de la bière jusqu'à l'abrutissement. Sur la fin du mois de mars, toutefois, il commença d'éprouver de sérieux malaises. Chaque après-midi, à l'heure où il avait désormais l'habitude de se lever, il se mit à vomir.

Une sorte de mur mou l'isolait de plus en plus de l'existence. Les gens et les choses se situaient au-delà de ce mur gélatineux. Les bruits ne lui parvenaient qu'estompés comme à travers de la ouate et assez longtemps après s'être produits. S'il lui arrivait d'échapper son verre par terre, il ne l'entendait qu'avec beaucoup de retard et lorsqu'il se penchait pour le reprendre en main le tavernier l'avait souvent ramassé depuis un bon moment. Lorsque à une intersection il apercevait une voiture qui risquait de le renverser, il ralentissait le pas mais ne parvenait à s'arrêter qu'après avoir traversé la rue. Il perdait complètement le sens du temps. Il répondait plusieurs heures plus tard à des questions qu'on lui avait posées. Sur le trottoir, il ne voyait s'approcher les gens qu'avec une extrême lenteur puis ceux-ci se mettaient à grandir, devenaient énormes près de lui et se volatilisaient. À plusieurs reprises il avait voulu leur parler mais, lorsqu'il y était parvenu, les personnes en question avaient disparu. Il vivait à part, pas tout à fait dans la mort mais très loin de la vie. Il pouvait être là depuis des sicèles comme depuis un instant. Il traversait les rues avec une indifférence presque totale tant il lui paraissait invraisemblable que les automobiles pussent franchir le mur qui le séparait d'elles. D'ailleurs, elles avaient le plus souvent une allure caoutchouteuse, s'étirant, se rétrécissant, et il ne lui était pas possible de les localiser avec précision. Il s'immobilisait parfois pendant des heures de néant et restait là, aboulique, sans aucune pensée, assis sur le bord de son grabat. La nuit, en proie à des crises de chaleur, il ouvrait la fenêtre du soupirail et s'assoyait tout nu dans son mauvais lit. Il s'endormait assis car, lorsqu'il se couchait, il était pris de vertiges qui le rendaient malade et l'empêchaient de se relever le lendemain. Il n'existait plus vraiment dans le monde des vivants et s'estompait de plus en plus. Il avait l'impression d'être peu à peu effacé par une énorme gomme blanche. Certains jours, disparaissait une partie de son corps: une épaule, un bras, une jambe, un morceau de tête, et il s'attendait d'un instant à l'autre à être définitivement rayé de la feuille sur laquelle avait jusque-là été inscrite sa destinée.

Une nuit, entreprenant de rentrer à sa chambre, il s'égara par les rues où tourbillonnait la poudrerie. Après avoir marché sans but, il s'engagea sur la chaussée à une intersection. Aveuglé par les phares des automobiles, il faisait de grands moulinets des bras pour écarter les autos comme des moustiques. Il se sentait tout-puissant et il lui semblait qu'il suffisait d'un geste pour forcer les éléments à se ranger selon ses volontés. Deux voitures, freinant sur une longue distance, s'immobilisèrent tout près de lui mais il continua de traverser la rue comme si de rien n'était. Parvenu sur le trottoir, il ressentit une fatigue immense; désespérant de retrouver son chemin, il

164

pénétra dans une de ces ruelles aux petites cours sinistres palissadées de planches, buta contre une poubelle et, d'un bloc, il se laissa tomber dans un banc de neige où, refermant contre sa poitrine les pans de son paletot, il s'endormit aussitôt.

À l'aurore, lorsqu'il parvint à se remettre debout, il vit le banc de neige se lever en même temps que lui. Il tenta de le repousser mais se heurta à une sorte de paroi translucide et dure. Il voulut s'adresser à un passant emmitouflé, pressé par le froid, mais aucun son ne franchit ses lèvres. D'un coup, Michel constata avec effroi qu'il était prisonnier dans une espèce d'oeuf à coquille de glace qui l'isolait complètement du monde et à l'intérieur duquel il allait bientôt mourir gelé. .

Il retourna dans sa chambre, s'y laissa tomber sur son grabat et se mit à tousser dans son oreiller, à tousser jusqu'à s'en arracher les poumons. Le lendemain, halluciné par la fièvre, il n'était plus capable de se mettre debout. Il voulut appeler mais une laryngite retenait les sons dans sa gorge. Il passa deux jours dans cet état, à grignoter du pain et un morceau de fromage. Au matin du troisième jour, après une nuit où il se crut constamment sur le point d'expirer au fond de ce sous-sol infect, il parvint à se soulever et appuya son front plein de vertiges contre la vitre du soupirail. Deux moineaux qui sautillaient parmi les détritus accumulés dans l'étroite cour intérieure, attirèrent son attention. Il les observa longuement, essayant de concentrer son esprit sur leur exubérance et soudain la nausée s'empara de lui: il se mit à vomir à gros bouillons, se heurtant la tête contre le bord du lavabo.

Mais lorsqu'il se redressa, à son grand étonnement, au lieu d'éprouver comme à l'habitude une sensation d'épuisement accru, il se sentit comme vidé d'un terrible poison et, sans même avoir besoin de réfléchir, de prendre une décision, sans même s'apercevoir vraiment qu'il quittait sa chambre, il se retrouva dehors, en train de marcher dans les flaques de neige à moitié fondue, en train de se diriger vers la sortie de la ville. Une puissance sauvage, insoupçonnée, subitement éveillée dans ses entrailles, un sursaut de l'instinct de conservation le poussait à agir, le forçait à fuir cet endroit. Il se regardait avancer, il se regardait traverser à pied le pont Jacques-Cartier, il se regardait comme on observe un étranger. Dépourvu de contrôle, dépourvu de désir, il était mû par cette puissance à laquelle il ne pouvait opposer aucune résistance, à cette puissance qui était en train de lui sauver la vie en le reconduisant vers cette plage de Port-Saint-François où il avait passé son enfance et son adolescence. Et au moment où il franchissait le fleuve, Michel, s'émerveillant de cette force animale qui l'arrachait si brusquement à la mort, se mit à pleurer en marchant et il leva son regard vers le soleil qui venait de se dégager de l'emprise gluante des nuages.

Une fois sur la rive sud, à Longueuil, il *fit du pouce* et se retrouva, au milieu de l'après-midi, cent cinquante kilomètres plus loin, sur la plage de Port-Saint-François.

Dès le lendemain, il y loua une *maison mobile*, à l'extrémité ouest de la plage, au bout des derniers chalets, à proximité d'une zone boisée. Les premiers jours, sa déception fut considérable en constatant qu'il demeurait toujours enclos dans son oeuf de glace, mais l'épaisseur de la coquille avait certainement diminué car Michel pouvait maintenant communiquer avec les gens qu'il rencontrait au hasard de ses promenades. Il continua de prendre quotidiennement plusieurs pilules mais il n'eut plus besoin d'alcool pour lutter contre l'angoisse. Il s'assoyait, face à la grande fenêtre de sa roulotte donnant sur le Saint-Laurent, contemplait les premières corneilles, regardait le soleil perforer de ses rayons la surface recouverte de glace et il partageait avec le fleuve un même besoin de sentir fondre cette gangue de froid qui l'emprisonnait.

Un matin, Michel fut éveillé par un formidable craquement. On eût dit que l'hiver, semblable à un oeuf enserrant la vie dans sa coquille blanche, venait d'éclater. Et de cette coquille surgit, avec des grondements sourds, la bête bleue de la débâcle. La bête bleue fit le gros dos, s'ébroua, cracha des jets d'écume, rejeta avec violence les débris de sa coquille de glace éparpillés en blocs tranchants s'entrechoquant pêle-mêle, se ruant contre les arbres du rivage, les renversant, brisant tout sur leur passage. La bête de la débâcle fonça contre le quai de béton de Port-Saint-François qui s'avance loin dans le fleuve. Incapable de surmonter cet obstacle, elle s'y heurta en bouillons rageurs, siffla, s'y écorcha le mufle, y râpa avec furie son corps dont les écailles arrachées s'accumulèrent jusqu'à six mètres de hauteur. La bête contourna le quai, déroula sur les terres basses, serpent monstrueux, les anneaux de son corps bleu. Puis elle s'apaisa peu à peu, sur la fin du jour, démembrant à coups de queue quelques balcons de chalets, s'installant bien à son aise sur son territoire conquis comme dans un vaste nid. La bête bleue de la débâcle s'apaisa peu à peu et les gouttes de sang qu'elle avait perdues dans son surgissement de titan furent projetées sur les branches des peupliers et des saules où elles illuminèrent d'écarlate les ailes noires de bandes exubérantes de carouges qui chantèrent la naissance du printemps.

La roulotte, installée sur un terre-plein, se retrouva entièrement entourée d'eau, mais Michel, impressionné par cette explosion de vie, décida d'y demeurer. La situation ne présentait d'ailleurs aucun danger, Michel pouvant se rendre jusqu'à l'épicerie grâce à une chaloupe empruntée à l'un de ses voisins. Il resta là, se rappelant les illustrations de *L'Histoire sainte* de son enfance qui représentaient Noé attendant dans son arche la fin du déluge et le début d'une ère nouvelle.

Pendant plusieurs jours, la pluie, telle une araignée géante, trottina sur les eaux, tentant d'étouffer le paysage dans ses rets visqueux mais le soleil finit par chasser les nuages: il coupa, comme avec des ciseaux d'or, les lourds fils gris et disposa des bouquets de rouges-gorges à la cime des arbres pavoisés de bourgeons pour la fête du monde.

Incapable de participer à cette liesse de la nature, Michel demeurait enclos dans son oeuf de glace dont la coquille, toutefois, se fendillant, laissa s'infiltrer par de minuscules fissures des parfums de mousse et d'écorces mouillées. Il retrouva petit à petit, malgré ce handicap, assez d'énergie pour exécuter divers travaux de peinture et de réparation de chalets pour des voisins et, au bout de quelques semaines, lorsque l'eau se fut partiellement retirée, il s'acheta une petite Datsun chez un vendeur d'automobiles usagées.

C'était toujours en fin d'après-midi, lorsque le soleil, impuissant à triompher indéfiniment de la nuit, relâchait sa vigilance et commençait à descendre vers l'horizon, que l'angoisse venait rôder autour de la roulotte de Michel. Son coeur se mettait à battre avec précipitation; il avait l'impression, lui aussi, de glisser dans un abîme, il tentait de s'accrocher au réel mais ses mains, ne rejoignant pas les choses, glissaient, sans prise, sur la paroi lisse de sa coquille de glace.

Afin de lutter contre ces crises de désarroi, contre cette impression de vide qui s'emparait de lui à l'intérieur de cet oeuf translucide qui continuait de l'enclore, Michel prit l'habitude de se rendre chaque soir, à pied, jusqu'au bout du quai. Partant de l'extrémité ouest de cette espèce de long village qu'est Port-Saint-François, il suivait la route, déroulée bien droite, derrière les chalets, pour atteindre, deux kilomètres plus loin, le quai qui s'avance dans le fleuve. Du bout de cette jetée, sur le musoir rectangulaire, la vue sur le lac Saint-Pierre est si exceptionnelle que des promeneurs s'y rendent régulièrement, au couchant, pour assister au spectacle du soleil s'enfonçant sous les eaux. Le rythme de la marche parvenait chaque fois à calmer les tremblements de Michel, à lui procurer l'apaisement et il s'efforçait d'imaginer le coucher du soleil sous la forme d'une cité lointaine célébrant par des feux d'artifice quelque fête à laquelle il souhaitait de se voir convier, mais la plupart du temps le naufrage de l'astre rouge lui semblait être un navire en détresse lançant vainement dans le ciel des fusées de couleurs pour appeler à l'aide.

De tous les soirs de l'année, au Québec, il en est un seul qui soit vraiment magique. Ce soir-là, qui est toujours le dernier samedi du mois d'avril, l'heure change, on avance les montres. On croit que le soleil va descendre mais il reste là, suspendu dans le ciel, superbe d'insouciance, une heure de plus que la veille, et c'est comme si la nuit était vaincue pour toujours et c'est comme si le jour n'allait finir jamais. Le jour dure défiant le temps et c'est comme si commençait enfin l'éternité, l'éternité de la lumière.

Ce soir-là, lorsque Michel parvint sur le musoir du quai, après avoir escaladé les amoncellements de glace verte laissés par la débâcle, il aperçut, stupéfié, la lumière qui dansait, la lumière qui venait de s'incarner sous la forme d'une jeune femme heureuse. Michel s'approche, incrédule, redoutant la disparition de cette vision de beauté, mais la lumière continue ses virevoltes et plus elle se métamorphose plus son corps se recouvre d'une sorte de fourrure de rayons irradiant un halo de chaleur rousse. Elle marque le rythme en chantonnant des *tchouc, tchouc, tchouc* et, se sentant observée, s'arrête, fait volte-face, les pommettes vermillonnées, les narines dilatées de son nez fin moucheté de roux traduisant son intensité féline et son hésitation entre la colère et le fou rire.

Elle se croyait seule, protégée par la montagne de glace, et répétait, pour se réchauffer, les pas de danse appris à son dernier cours de ballet-jazz. Elle a vingt-quatre ans, elle s'appelle Monique, elle est infirmière à Montréal; les jours de congé, elle revient parfois dans sa famille, à Nicolet. Ce soir, elle a voyagé de Nicolet jusqu'à Port-Saint-François *sur le pouce* «pour le fun». Elle parle vite, les bras serrés le long du corps, comme si elle s'étreignait elle-même, ses traits exprimant chaque émotion, ses cheveux bruns ondulant à peine jusqu'aux épaules, son délicat visage de chatte aux yeux verts émergeant d'un manteau de chat sauvage roux; et sa tête coiffée d'une casquette de chasseur à courre écarlate, agitée de saccades, lui donne l'allure farfelue d'un polichinelle ou d'un de ces beaux pics à calotte rouge qui étincellent dans les sous-bois du printemps.

Michel la reconduit, dans sa Datsun, jusqu'à la maison de sa famille et s'étonne de l'inviter à souper pour le lendemain. Cette jeune femme, à la manière des oiseaux jaunes à gros bec qui brillent pendant quelques jours sur la neige de mars puis disparaissent pour le reste de l'année, a surgi de façon si imprévue dans son monde de froid qu'il n'a pu résister au plaisir de la retenir. Mais une fois seul, dans sa roulotte, il regrette cette invitation trop spontanée.

170

Le lendemain, lorsque Monique arrive, signalant son entrée par deux coups de klaxon discrets mais impératifs, il est aux prises avec un mal de tête et essaie de lui expliquer, confus, qu'il n'a rien préparé du tout. Elle prend la chose en riant et lui présente, pour faire diversion, sa vieille Mercury familiale grise à quatre portes:

— C'est une auto de bonhomme...

— De bonhomme? reprend Michel qui s'étonne de voir une si petite femme au volant d'une si grosse voiture.

— Une auto de père. C'était le *bazou* de mon père. Je l'ai depuis six ans... C'est ce qu'on appelle une *minoune*, blague-t-elle en désignant l'énorme bagnole grignotée par la rouille. Mais en fait ça serait plutôt un minou; quand je la conduis, j'ai l'impression d'être assise dans le ventre d'un gros matou gris... il a l'air mité mais il est encore en pleine forme. Je l'appelle mon auto-chat.

Ils vont s'acheter des hot-dogs et des patates frites et reviennent se mettre à l'abri dans la roulotte car il commence à pleuvasser. Michel sort une bouteille de vin, en offre à Monique qui refuse. Malgré son intention, il ne se décide même pas à mettre un disque sur le phono et il s'installe entre eux une tension insupportable. Il a pourtant trouvé très belle la jeune femme lorsqu'elle est arrivée, tantôt, un oeillet rose à la main. Et il apprécie qu'elle se mette soudain à parler avec volubilité afin de détruire le silence.

Elle garde sur sa tête sa casquette de chasseur. «Connais-tu les bandes dessinées de Pit-fait-du-sport? C'est ma casquette de Pit-fait-du-sport!» Elle parle en faisant cliqueter le bracelet à trois clochettes dorées de son poignet droit et le bracelet de plastique noir de son poignet gauche. Elle porte des jeans très ajustés, au bas volontairement effiloché. Vive comme une chatte siamoise, elle se lève, marche dans la roulotte, ses petits seins fermes libres sous son chandail à col roulé jaune. Et toute la soirée durant, malgré le caractère peu accueillant du lieu, elle remplit la roulotte de ses pépiements joyeux. Désignant un coeur minuscule attaché à son cou par une chaînette dorée, elle raconte, subitement mélancolique, au bord des larmes, qu'il lui a été donné par un «grand-pôpa» — elle travaille souvent sur l'étage des vieillards et les appelle tous grand-pôpa — un grand-pôpa qui est mort il y a quelques années et qui l'avait surnommée Jolicoeur. À minuit, elle se dresse d'un bond: «C'est mon heure de Cendrillon» et s'apprête à partir. Michel s'excuse de l'avoir si mal reçue, disant: «Je n'étais pas en forme. Ça file pas bien, ces temps-ci.» Avant de remonter dans son auto-chat, elle se penche à l'oreille de son hôte et murmure, taquine: «C'est pas grave, Bonhomme, ça me connaît les malades... Je reviendrai, un jour, si tu le permets...»

Il arrive, au printemps, qu'une volée d'oiseaux exubérants se pose dans un grand arbre: chaque oiseau devient l'une des feuilles chantantes de l'arbre qui se métamorphose en une énorme boule de joie, en une sorte d'orchestre aérien, puis la bande se disperse emportée par une saute de vent laissant l'arbre pareil à un kiosque à musique déserté. Après le départ de Monique, le silence, tel un gaz délétère, revient sournoisement s'installer dans la roulotte qui ressemble à une volière abandonnée.

Le lendemain matin, réveillé à l'aube, Michel se lève pour voir glisser dans le brouillard une volée d'outardes qui se posent sur le fleuve, et il lui semble qu'il remarque pour la première fois la sereine splendeur de ce spectacle. Deux huards, à moitié enfoncés sous l'eau, selon leur étrange façon de flotter, poussent leur plainte déchirante, gémissement de fantôme, et c'est comme si la voix mouillée du paysage lançait vers les cieux un cri de solitude sans espoir.

Un rat musqué dérive, queue dressée en périscope. Trois peupliers pleins-vents, sur la rive, engourdis par le sommeil, prennent soudain, recouverts d'un duvet de houppes, l'allure à la fois ridicule et charmante d'énormes oiseaux nouveau-nés encore dépourvus de leur plumage. L'eau s'émaille, d'un coup, d'une colonie de canards garrots. À voir leurs corps immaculés doucement bercés sur les vaguelettes, on dirait les dernières boules de neige de l'hiver qui dansent avant de fondre dans la lumière. Les femelles, après avoir longuement feint l'indifférence, s'aplatissent, subitement séduites, le cou allongé sur l'eau, et se laissent aimer par le mâle de leur choix qui nage en cercle autour d'elles, se rengorgeant pour la parade nuptiale, renversant sur son dos sa tête verte sertie d'un oeil d'or. Michel s'étonne de n'avoir pas remarqué, avant de rencontrer Monique, la naissance du printemps. Il lui semble qu'il s'éveille d'un long cauchemar. La coquille qui l'enclôt, s'amincissant jusqu'à la ténuité, lui permet presque de toucher la vie et, bien qu'encore reclus en lui-même, il se sent encaqué dans son écaille de malheur comme un bourgeon sur le point d'éclore à la beauté du monde.

Désireux de nouer des liens plus intimes avec les nouveaux amis qu'il se découvre parmi les végétaux, amis qui, s'épanouissant de jour en jour, perforant le sol, érigeant leurs tiges dans la lumière, l'invitent à forcer la coque qui l'enserre, il consacre le meilleur de son temps à herboriser.

Il n'avait pas remarqué les bouquets blancs des merisiers dont chaque fleur minuscule, hérissant ses poils jaunes, simule le minois curieux d'un chaton dont les moustaches seraient parfumées de miel. Il n'avait pas remarqué, dans les sous-bois récemment inondés, lovées dans leur duvet de fraîcheur, les crosses de fougères ressemblant aux frisons qui ornent le front, les tempes, la nuque d'une belle jeune femme. Il n'avait pas remarqué les touffes de violettes dont les feuilles en forme de coeurs palpitent au moindre vent comme une profusion de petits coeurs sauvages. Et voici que les corolles d'érythrones, étoilant le doux tapis de mousse d'une érablière, tintent comme clochettes jaunes rappelant les menus sons d'or du bracelet de Monique, et voici que les feuilles mouchetées de cette plante évoquent les délicates tavelures rousses qui paillettent de petits soleils les joues et le nez de Monique. Les feuilles vernissées du maïanthème sont les yeux de Monique qui luisent verts, multipliés, retenant des perles de rosée en guise de pupilles. Et chaque fois qu'un carouge s'ébat dans le frais feuillage d'un arbre, Michel croit voir surgir la casquette écarlate de sa belle amie. Il la voit maintenant partout: de chaque fleur, de chaque oiseau qu'il observe naissent des associations qui ramènent son coeur à cette unique préoccupation. Il l'attend, il la désire, il se demande de quelle façon il parviendra à renouer contact avec elle, il la souhaite si fort qu'elle apparaît soudain, là, devant lui. Elle a signalé son arrivée par deux petits coups de klaxon, elle bondit rieuse hors de son auto-chat, délicat polichinelle coiffé de sa calotte de chasseur à courre, un mouchoir jaune noué autour du cou, vêtue d'un chandail rouge, d'un pantalon de velours cordé noir, d'une veste en denim aux poignets roulés. Deux semaines se sont écoulées depuis leur dernière rencontre, deux semaines au cours desquelles il a observé avec ravissement l'incarnation progressive de son amie dans la beauté du paysage, et voici qu'elle vient d'elle-même, voici qu'elle vit là, devant lui, bien réelle, porteuse d'un oeillet rouge. Elle parle, elle chante, gazouille, on dirait l'oriole de Baltimore déployant ses couleurs et sa musique de merveilles. Et Michel tremble d'émotion en l'étreignant très fort comme si, par miracle, il serrait le printemps tout entier sur son coeur.

Mais il évite de la retenir trop longtemps pressée contre lui sachant qu'il ne tarderait pas à perdre toute contenance; il reprend le contrôle de ses gestes et repousse doucement la jeune femme assez subtile pour n'en manifester aucun dépit. Au contraire, elle bondit jusqu'à son auto dentelée de rouille et en revient, sémillante, arborant une feuille de papier jaune découpée en cercle sur laquelle elle a dessiné au crayon-feutre rouge les yeux et la bouche ovale qui composent la face hilare d'un de ces bonshommes-sourires que les gens affichent un peu partout, en décalques ou en appliques, sur les pare-chocs des automobiles, sur des t-shirts. Elle balance le bon-homme-sourire de papier jaune devant son visage, comme un masque, afin d'égayer son ami.

À l'extrémité ouest de Port-Saint-François, la route, s'éloignant des derniers chalets, se rétrécit en un sentier qui pénètre telle une couleuvre parmi les herbes d'une zone boisée où les arbres souvent char-gés d'oiseaux forment une espèce d'immense char-mille, de volière de féerie. C'est là que Michel emmène Monique afin de lui présenter ses nouveaux compagnons végétaux. Le soleil déploie sa corolle de rayons dans le ciel et, lorsqu'ils quittent la *maison mobile* ils restent pantois d'émerveillement devant un pommetier en fleur qui jaillit du sol comme une fontaine de parfum et s'ouvre sur l'azur telle une rose géante.

Dès qu'ils sont sur le sentier, Monique gam-bade, rit, enfouit son nez dans les calices de fleurs avec l'exubérance gracieuse d'un oiseau-mouche. Mutine, semblable aux pinsons qui s'ébrouent sur le bord des mares, elle accentue les traits de son visage et se mire en clown dans les flaques d'eau. Michel raconte les amours des canards garrots: la femelle qui feint l'indifférence, la parade du mâle à tête verte sertie d'un oeil d'or. Monique s'amuse à créer des mots ainsi qu'elle le faisait dans son enfance: mois-d'avriliser, hirondelliser, la joie colibrise, des yeux cerisés, un bourdon bizibingzibizibourdissant, des cheveux fougèrifiés, se verged'oriser au soleil. Elle tente d'imiter les chants d'oiseaux en sifflant. Elle libère les premières pousses enserrées dans des feuilles mortes de l'automne précédent, répétant qu'elle n'aime pas les choses captives. Elle dit qu'elle a l'habitude de dérider des vieillards qui *mélancolisent*. Elle taquine Michel en le traitant comme un être posthume: «Quel genre de travail faisais-tu, de ton vivant?» ou en lui parlant comme à un barbon: «Lorsque tu habitais à Montréal, Bonhomme, était-ce avant l'invention de la radio? Comment s'habillaient les gens, dans ton siècle?» Elle déploie tant d'énergie pour l'égayer, dansant, riant, qu'elle ressemble au pic flamboyant dont les ailes jaunes et le rire sonore illuminent les sous-bois du printemps.

Michel, qui n'en peut plus de refouler la joie dans son coeur et qui se retient de l'extérioriser par crainte d'une nouvelle déception, cherche à faire diversion en présentant les amis végétaux de qui il a fait la connaissance au cours de journées passées à herboriser: le sureau rouge, le lierre terrestre, la savoyane, l'uvulaire à feuilles sessiles, la smilacine étoilée, la benoîte des ruisseaux, mais Monique s'empare de ce nom d'une plante gracile à petites fleurs en forme de clochettes pourpres. «C'est moi Benoîte des Ruisseaux!» s'esclaffe-t-elle en chantonnant. Et elle baptise Michel «Jack-in-the-pulpit!» lui attribuant le nom anglais de la plante appelée petit prêcheur, car elle s'est bien amusée lorsque Michel lui a montré cet étrange épi brun ensaché dans une enveloppe membraneuse; elle s'est penchée à son oreille et lui a murmuré, bouffonne: «Ça ressemble à un zizi... Les vieux, à l'hôpital, ils appellent ça le *cri-quette*... Les vieux, rigole-t-elle, ils pensent rien qu'à ça. On n'est pas capables de les approcher. Y a toujours une main qui nous frôle les cuisses: «Si c'est doux, c'tte robe-là, hein? Sauvez-vous pas, Garde, sauvez-vous pas, j'veux juste toucher au tissu. Vous allez voir comme j'ai la main douce. Une caresse de vent p'is ma main, c'est pareil.» Grand-pôpa, que je leur dis, restez tranquille, qu'est-ce que votre femme dirait si elle vous voyait? Mais ils répondent tous la même chose: «Ma femme est ben où c'est qu'alle est, qu'a vienne pas nous déranger icitte!»

Sur le chemin du retour, liséré de trilles, Jack-in-the-pulpit serre très fort la petite main nerveuse de Benoîte des Ruisseaux tandis que le ciel vert, se pommelant de fins nuages roux, s'étale comme un pré pailleté de fleurs et que la haute corolle du soleil, penchant sur sa tige, s'apprête à clore ses pétales de rayons pour la nuit.

Monique chantonne: «*Are you lonesome tonight...*», parle de son admiration sans bornes pour Elvis Presley qu'elle ne se console pas d'avoir vu à la télé lors de son dernier récital alors qu'épuisé il se contentait d'entonner ses chansons devant une foule qui l'applaudissait en délire. Elle aime Édith Piaf dont elle achève de lire la biographie. Elle aime toutes les chansons. «Je suis une petite fille toute simple. J'ai l'air pleine de contradictions mais je suis toute simple.» Elle n'est pas croyante mais elle assiste encore à la messe, de temps à autres, par conservatisme, parce qu'elle affectionne les vieilles choses, parce que cela lui rappelle de beaux souvenirs d'enfance: l'époque où elle se rendait à l'église avec son père, serrant sur sa poitrine son missel à tranche d'or qu'elle conserve parmi ses menus trésors. Elle porte d'ailleurs aujourd'hui, beaucoup trop grande pour son poignet, la montre de son père.

Une fois dans la *maison mobile*, elle enjolive l'assiette de son ami en y dessinant avec deux raisins bleus, une cerise et une tranche de pêche les yeux, le nez et la bouche «fendue jusqu'aux oreilles» d'un bonhomme-sourire. Avec la vivacité d'un oiseau qui grappille, elle becquette de grands biscuits au gruau, s'excusant: «Je ne suis pas mariable, je fais des miettes partout...» Michel essaie de préparer un souper digne de la circonstance mais il s'y prend avec tant de maladresse que les filets de sole collent au fond de la poêle et que le riz prend en pain. Les deux amis compensent en se versant de pleins verres de vin rouge. Michel veut faire connaître à Monique les chansons de Georges Brassens. Brassens a toujours été son idole mais il n'a pas fait tourner un seul de ses disques depuis des années car sa femme ne l'appréciait pas. Il possède l'oeuvre entier du chansonnier qu'ils écoutent, assis par terre. Monique, emballée par *Embrasse-les tous*, fait jouer à plusieurs reprises cette chanson afin d'en apprendre les mots:

> Tu n'es pas de celles qui meurent où elles
> s'attachent
> Tu frottes ta joue à toutes les moustaches
> Faut s'lever de bon matin pour voir un
> ingénu
> Qui n' t'ait pas connue.
>
> Passe-les tous par tes armes
> Passe-les tous par tes charmes
> Jusqu'à c' que l'un d'eux, les bras en croix,
> Tourne de l'oeil dans tes bras
> Des grands aux p'tits en allant jusqu'aux
> Lilliputiens
> Embrasse-les tous
> Dieu reconnaîtra le sien.

En attendant le baiser qui fera mouche
Le baiser qu'on garde pour la bonne
bouche
En attendant de trouver parmi tous ces
galants
Le vrai merle blanc

En attendant qu' le p'tit bonheur ne t'ap-
porte
Celui derrière qui tu condamneras ta porte
En marquant dessus: Fermé jusqu'à la fin
des jours
Pour cause d'amour

Puis, lorsqu'elle entend *L'Ancêtre*:

Quand nous serons ancêtres
Du côté de Bicêtre
Pas d'enfants de Marie, oh! non
Remplacez-nous les nonnes
Par de jolies mignonnes
Pas de musiques d'orgues, oh! non
Pas de musiques liturgiques
Pour qui avale sa chique.

elle redevient volubile et recommence à raconter des
histoires d'hôpital: «Des fois c'est drôle, mais des fois
c'est pas drôle du tout. L'histoire la plus émouvante
qui m'est arrivée c'est celle d'un grand-pôpa qui
m'aimait bien gros. J'étais à côté de lui quand il est
mort, je lui tenais la main, je voyais ses lèvres qui
essayaient de marmonner quelque chose. J'ai appro-
ché mon oreille de sa bouche puis il a murmuré:
«C'qui m'fait le plus de peine, Jolicoeur, c'est d'pas
pouvoir t'amener avec moé...»

Monique, jusque-là gazouillante, éclate en sanglots et Michel appuie la tête de la jeune femme sur

son épaule, s'efforçant de la consoler. Elle renifle très fort, s'essuie les yeux et, montrant les larmes qui glissent sur ses joues, elle dit: «Regarde, c'est la *chantepluie*, c'est un beau mot, hein? Je l'avais inventé quand j'étais petite.»

Michel, pour la première fois, sent soudain son amie si vulnérable, si désemparée entre ses bras, qu'il cherche, à son tour, un moyen de la divertir. Il se lève, passablement éméché, sort un drap d'une armoire et s'en enveloppe à la manière de ces espèces de longues chemises blanches dont on revêt les hospitalisés, longues chemises qui s'ouvrent par derrière et qui ressemblent à un linceul. Il sent l'urgence de s'adonner à une farce énorme pour lutter contre l'angoisse qui l'assaille car il vient de se voir, prémonitoirement, en vieillard fiévreux, tremblotant de peur, paralysé dans un lit d'hospice, sans dentiers, les yeux fixés sur la fenêtre, et il vient de se voir surtout, à trente-deux ans, reclus comme une momie dans l'oeuf de glace qui l'enserre comme une sorte de sarcophage translucide. Un haut-le-coeur s'empare de lui qui agonise entre les parois blanches de son échec et il tente de s'arracher à cette geôle en chantant à tue-tête, caricaturant jusqu'au grotesque un vieillard brèche-dent, ainsi qu'il le faisait jadis, en son adolescence, autour des feux de grève, l'été, pour faire pouffer de grands rassemblements d'amis:

Petits enfants, jouez dans la prairie,
Chantez, chantez le doux parfum des
fleurs;
Profitez bien du printemps de la vie,
Trop tôt hélas! vous verserez des pleurs.
Quoique bien vieux, j'ai le coeur plein de
charmes;
Permettez-moi d'assister à vos jeux.

Pour un vieillard outragé, plein de larmes,
Auprès de vous je me sens plus heureux.

Dernier amour de ma vieillesse,
Venez à moi, petits enfants,
Je veux de vous une caresse
Pour oublier, pour oublier mes cheveux
blancs.»

Il s'arrête un instant, confus, brusquement
conscient du burlesque de la situation, incapable de
comprendre par quelle métamorphose il se retrouve
en train de faire le turlupin, vêtu d'un drap, loufoque, tel un clown. Monique le regarde, yeux dilatés
par la surprise, puis, suffoquant de rire, elle se met à
applaudir et à crier: «Encore, Bonhomme! Encore!»
Alors il reprend sa chanson qu'il termine cette fois,
titubant, en disant à la manière des anciens: «Excu-
sez-la!» Et les deux amis, entrechoquant leurs verres
de rouge, répètent à tue-tête, des dizaines de fois:

Je veux de vous une caresse
Pour oublier, pour oublier mes cheveux
blancs!

Aux premières lueurs de l'aube, Monique, faisant cliqueter les clochettes dorées de son bracelet,
décide subitement de partir. Réajustant sur ses cheveux la casquette de chasseur à courre qui n'a pas
quitté sa tête de la soirée, elle gambade en chantonnant jusqu'à son auto-chat, fait mine de démarrer
puis elle revient, vive et fraîche comme un vent de
printemps, saute au cou de Michel, lui couvre la
figure de baisers sonores, gazouille: «Je suis très
émue, ça m'énerve... Tu sais, Bonhomme, tu es beau
quand tu vis!» Trois petits bonds et la voici disparue,
laissant Michel stupéfié, se frottant les yeux comme

s'il venait d'assister, incrédule, à la danse de quelque farfadet mais son coeur est rempli de musique et il cherche Monique comme on cherche en vain à apercevoir l'irréel pioui de l'est qui, chaque matin, célèbre la naissance du monde en suspendant, menus fils d'or, les notes filées de sa chanson dans les ténèbres qui cèdent la place aux brumes roses de l'aurore.

Il a promis de rappeler son amie qui demeure à Nicolet pour une semaine entière de congé mais, après son départ, il est de nouveau assailli par la mélancolie. Effrayé par les complexités de l'amour, impuissant à briser la coquille de glace qui, presque invisible maintenant, n'en continue pas moins à l'enclore, il remet d'un jour à l'autre leur rendez-vous. Le mois de mai, pourtant, carillonne la fête du printemps, déroulant des guirlandes de fleurs, et le soleil chauffe la terre comme en plein mois de juillet. Les oiseaux sortent leurs plus beaux instruments, leurs harpes de plumes, leurs violons de couleurs, leurs flûtes de lumière et même le graillement des jeunes corneilles dans leurs nids, rappelant la plainte d'arbres encroués qui se frottent, parvient à se fondre avec harmonie dans ce concert de fraîcheur.

À maintes reprises, Michel, obsédé par le «*Are you lonesome tonight...*» de Monique, signale le numéro presque complet de son amie, mais chaque fois il raccroche. Chaque soir, souffle coupé, victime d'un blocage, il tourne autour de l'appareil téléphonique sans parvenir à reprendre contact avec la jeune femme qui va bientôt repartir pour Montréal. Ce n'est que le dimanche, en fin d'après-midi, espérant vaguement qu'elle aura déjà quitté Nicolet ou qu'elle sera sur le point de le faire, qu'il trouve assez de courage pour l'appeler: «Benoîte des Ruisseaux?... C'est Jack-in-the-pulpit...»

Deux coups de klaxon discret. Benoîte des Ruisseaux coule, intimidée, hors de l'auto-chat. On dirait une jeune source qui heurte un obstacle et hésite à orienter son cours. Elle est vêtue, comme la dernière fois, d'un pantalon de velours cordé noir, d'une veste en denim aux poignets roulés, mais elle porte un chandail jaune au sommet duquel rayonne son visage, car elle s'est tellement fait bronzer sur la toiture du hangar attenant à la maison de sa famille que Michel a peine à la reconnaître.

Elle vient, douce, porteuse de deux oeillets rouges et d'une gerbe de lilas.

Ils retournent marcher, presque sans échanger un mot, dans le sentier sauvage. Tremblants de désir, s'enivrant du silence voluptueux qui vibre entre eux, ils évitent de se frôler comme si le moindre frottement d'épiderme pouvait faire jaillir un grand feu. Benoîte glane des violettes, des grappes jaunes d'herbe de sainte-barbe, des pissenlits, accumulant un bouquet qui devient ridicule à force de grossir.

À un moment, elle s'étire pour saisir des branches de chatons du saule et Michel, s'approchant d'elle par derrière, pose ses deux mains sur ses seins. Elle s'appuie contre lui de tout son corps, renverse sa tête sur l'épaule de son ami, soulève dans l'air son grand bouquet, en laisse retomber les fleurs sur leurs visages accolés et murmure à l'oreille de Michel: «Tu dois bien avoir un lit dans ta roulotte...» «Merci de m'avoir aidé», répond Michel en l'embrassant sur le bout du nez.

Ils se prennent par la main, courent jusqu'à la *maison mobile*. Dès qu'ils sont dans la roulotte, ils s'étreignent avec tant d'ardeur que Monique pousse un petit «Aie!» excitée à l'idée de périr broyée entre les bras de son ami. Telle une larme de joie sur une joue, Monique glisse sur la poitrine de Michel, se retrouve à genoux devant lui, dénoue la ceinture de son pantalon, en fait jaillir le sexe qui s'érige en tulipe rose. Elle le hume comme une fleur, promène

183

sa langue sur la tige, prend la corolle dans sa bouche. Michel la remet debout, fait voler son chandail jaune, baise son cou, ses épaules, ses seins, s'agenouille à son tour devant elle comme devant une idole, lui retire son pantalon noir qui plane un instant en l'air avec des battements d'ailes de corneille, puis il pouffe de rire en apercevant une menue pièce d'étoffe jaune et ronde représentant la face hilare d'un bonhomme-sourire que Monique a cousue sur sa petite culotte, en plein sur le pubis.

Ils roulent sur le tapis du plancher, haletants, narines dilatées, chamboulant tout dans la pièce, renversant des chaises, des piles de livres. Ils se pourchassent à quatre pattes, les yeux verts de Monique luisent sur son masque triangulaire de chatte siamoise. Ils roulent de nouveau, étroitement enlacés; Monique enfonce ses ongles dans la peau du dos de Michel en répétant, à bout de souffle: «Je ne suis pas possessive, mais...» Puis ils s'unissent dans les cris et les rires, avec une intensité sauvage.

Ils soupent nus, joues écarlates, comblés mais pantelants encore de désir, ne se rassasiant pas d'admirer la beauté de leurs corps. Au cours de cette semaine qu'il vient de passer seul, Michel a pêché des perchaudes comme il le faisait en son enfance. Il en fait frire les filets qu'il arrose de sherry et les deux amis trinquent à pleins verres d'un vin blanc du Rhin. À tout moment, ils s'interrompent de manger pour se regarder dans les yeux, pour s'embrasser; Monique vient s'asseoir sur les genoux de Michel, ils boivent à la même coupe, se donnent des baisers de vin. «Il ne faut pas m'aimer, dit Michel qui redoute de connaître de nouveau les affres d'un crève-coeur, il ne faut pas m'aimer. Si tu m'aimes, je te reconduis immédiatement. Moi, c'est fini, je n'aimerai plus jamais. Jure-moi de ne pas m'aimer.» «Tu me prendras quand tu voudras, répond Monique. Si tu ne veux pas de moi, tant pis. Si tu veux de moi, tant mieux. Sois tranquille, Bonhomme, je ne dérange pas les gens. Je veux simplement être bien avec toi en ce moment. Ne pense plus. Sois bien.» Et comme pour donner de l'autorité à son exposé, elle retrouve sur le plancher sa casquette de chasseur à courre et s'en coiffe, l'air mutin.

«Tu vas me trouver tête d'oiseau, continue-t-elle, mais je ne suis pas exclusive, j'ai deux autres amoureux à Montréal, je les appelle tous deux Paul pour ne pas me mêler. Toi, tu seras Paul III, affirme-t-elle en s'esclaffant. Une fois, y a un grand-pôpa qui m'aimait bien gros: «Jolicoeur, qui m' dit, un matin, m'as t' confier un secret ben important. Oublie jamais c' que j' vas t' dire là. Quand tu vas t' marier, sois une femme de joie pour ton mari. Le monde, i' parlent des filles de mauvaise vie p'is i' les appellent des filles de joie comme si ça s'rait une insulte. Mais y a pas d' plus beau nom qu' ça!... Sois une femme de joie, Jolicoeur, amuse ton mari p'is étouffe jamais les hommes». C'est pour ça qu'aujourd'hui je ne dérange personne, je ne m'accroche pas puis j'essaye d'apporter de la gaieté.»

Retirant son mince bracelet de plastique noir, elle le donne à Michel: «Quand tu ne voudras plus de moi, tu le casseras en deux et le sortilège qui nous lie sera rompu.»

Michel s'excuse, penaud, de ne pas lui avoir téléphoné plus tôt. Maintenant, c'est dimanche soir, il est déjà près de dix heures et il va falloir que Monique file en vitesse si elle veut être à son poste à huit heures demain matin. Mais Monique, avec l'air coquin d'une magicienne qui a tous pouvoirs sur le temps, lui révèle qu'elle peut passer toute la nuit avec lui puisque, demain, elle travaille de quatre heures à minuit.

Ils font tourner les disques de Brassens, entrechoquant leurs verres, chantant à tue-tête avec lui:

Quand nous serons ancêtres
Du côté de Bicêtre
Pas d'enfants de Marie, oh! non
Remplacez-nous les nonnes
Par de jolies mignonnes.

— Mon père est mort quand j'avais dix-huit
ans, soupire Monique brusquement envahie par une
immense mélancolie. C'était un beau bonhomme,
affirme-t-elle avec emphase, un beau bonhomme,
mais c'était un neurasthénique. On s'est jamais vraiment parlé. Mais j'aurais tellement voulu le rendre
heureux, le faire rire... J'aime les hommes, je peux
pas m'attacher à un seul, mais je voudrais que tous
les hommes soient heureux... Quand ça va mal, je
vais faire un tour au cimetière, je m'assis dans
l'herbe, je parle à mon père puis il me répond. L'hiver
dernier, le jour de son anniversaire — c'est le jour des
Rois — je suis allée porter une rose à longue tige sur
sa tombe, en callant dans la neige jusqu'aux cuisses...
Monique éclate en sanglots, enfouit sa tête entre
les bras de Michel, puis elle tourne vers lui son visage
en larmes, murmurant: «Regarde, j'ai encore la
figure toute mouillée de *chantepluie*...»
Michel lèche ses pleurs avec tendresse, la soulève, la porte jusqu'à son lit, l'allonge sur le drap vert,
coupe les tiges des deux oeillets rouges, en dépose les
fleurs sur les tétins dressés de chacun des beaux seins
fermes de Monique, disperse quelques grappes de
lilas autour de son corps et admire la lueur de la
lampe qui satine sa peau encore chaude de soleil.
Les fins poils, dans la pénombre, ressemblent
aux brins d'herbe neuve qui tremblent sous le souffle
du vent, par un chaud crépuscule de mai. Michel

186

promène la caresse de sa main comme un oiseau du soir plane au-dessus d'un pré vallonné. Une petite source chante sur le velouté des cuisses: Michel y porte ses lèvres s'enivrant parmi les soies végétales perlées de sucs et de gouttelettes de rosée.

Puis ils font l'amour à la façon des canards garrots se croyant, à cause du drap vert qui ondule, au coeur de la sauvagine, sur la surface d'un bel étang d'avril. Michel s'amuse à se rengorger à la manière des mâles aux yeux d'or, mais les fesses de Monique, lustrées comme des pommes dont on vient de frotter la pelure, luisent, si irrésistibles, qu'il la couvre avec ardeur. Les deux amis s'abandonnent à ce haut délire qui, au sommet de l'orgasme, fait crier: «Je t'aime! Je t'aime! Je t'aime!», cri sauvage de bête heureuse qui ne s'adresse à aucun être en particulier, qui crie: «Je t'aime!» à la Vie, à la Beauté, à la Joie du Monde.

Dans les moments de répit, ils se ravisent, éblouissants de rires: «Attention, pas d'amour! On se l'est promis. Attention, faut pas s'aimer!» Mais dès que le plaisir fait exploser en eux les fusées de sa fête de lumière, ils recommencent à délirer: «Je t'aime! Je t'aime! Je t'aime!» Lorsque Michel s'abat près d'elle, ivre mort de délices, Monique, exaltée, lui enfonce, en fauve, ses dents dans la peau du cou. «Je ne suis pas possessive, dit-elle en riant, mais je veux te faire un beau gros bleu, je veux que tu portes ma marque en plein jour, bien en vue...» Et les deux amis sombrent dans cette béatitude animale, cette évidence d'un triomphe sur les forces de mort, cette confiance instinctive réciproque, sans pensée, qui est le comble du bonheur.

Peu avant les premières lueurs de l'aube, Monique, s'éveillant envahie de désirs, laisse errer ses lèvres sur le corps de Michel qui, mal dégagé d'un profond sommeil, s'émerveille de voir s'ériger encore, au jardin de leur amour, la tulipe rose de sa chair. «Lorsque j'étais enfant, murmure la jeune femme aux yeux verts, j'imaginais que je me rendais jusqu'à l'horizon, sur ma bicyclette, à la fin de la nuit. Je prenais mon élan, je bondissais hors de la terre pour aller retomber dans un immense lit de nuages où dormait le soleil. Je lui donnais des gros becs sonores: «Smack! Smack! Smack!» plein la figure, je l'obligeais à se lever, je croyais que c'était moi qui faisais l'aurore...»

Monique, coiffée de sa casquette de Pit-fait-du-sport, s'assoit sur le ventre de son ami, le sexe de Michel dressé en elle. Écuyère du songe, elle danse, bras ouverts, à cheval sur la bête fabuleuse de la joie. Leurs bonds souples les emportent dans la nuit, loin, loin, ils montent, montent, galopent sur les galaxies, foulent un astre dont le sol est recouvert de chair, pénètrent dans une forêt où chaque arbre balance sur son tronc phallique un feuillage composé de vulves mouillées et de chevelures. Des fées de parfums les arrosent d'un flot de vin pourpre, caressent leurs corps jusqu'à l'hystérie. Le vertige s'empare de leur esprit et voici qu'ils retombent, ivres de plaisir, qu'ils retombent, enlacés, dans leur lit vert, laissant derrière eux, à travers l'espace, une traînée de rires striant, aérolithe à la queue de feu, l'immensité noire de l'univers.

Michel exulte: «J'étais mort, je n'espérais même plus ressusciter et voici que je rentre dans le courant de la vie! C'est un miracle! un miracle!» «C'est normal pour moi de faire des miracles, assure Monique, parce que je suis sainte Benoîte des Ruisseaux... Si tu t'enfonces encore dans la dépression, Bonhomme, tu n'auras qu'à penser à moi et j'apparaîtrai avec des clochettes, des serpentins, des pétards et je te ressusciterai!» Elle se fait toute petite, s'enfouit entre les bras de Michel comme si elle aspirait à aller se loger à

188

l'intérieur de son ventre et ne tarde pas à s'y endormir. «J'aimerais ouvrir ton ventre et m'y blottir en boule comme un bébé kangourou...» Michel l'étreint avec tant de reconnaissance, tant de tendresse qu'il a l'impression de tenir un gros coeur, et il la presse très fort espérant la faire pénétrer en lui et la garder vive, pour toujours, dans sa poitrine.

Un malaise étrange pourtant le force à quitter son amie, à se mettre debout: une sensation d'extrême vulnérabilité se mêlant au bien-être d'une force triomphante. Il aperçoit sur le lit les morceaux éclatés de sa coquille de glace qui achèvent de fondre. Titubant, sorte de nouveau-né géant, il ne peut résister au plaisir de faire quelques pas et s'étonne de n'éprouver aucune fatigue. Au contraire, il ne se souvient pas d'avoir été aussi en forme de toute sa vie. Il s'emplit les poumons d'air, se sent envahi par l'euphorie, pénètre dans la salle de bains pour vérifier si le miroir lui renvoie une image réelle de l'homme neuf qu'il est en train de devenir, et, dans un geste qui lui semble naturel, sans éprouver la moindre perturbation, il prend son pot de pilules, en verse le contenu dans la toilette et actionne la chasse d'eau. Puis il se revêt d'un drap, pour se mettre à l'abri du serein, et, se comparant avec humour à Lazare émergeant du tombeau, il sort pieds nus sur la plage.

Le fleuve est une belle femme heureuse assoupie dans la nature. Michel danse bras ouverts dans la lumière et lui envoie des baisers.

Partagé entre le désir de conserver l'amour de Monique et la crainte de s'engager dans une nouvelle impasse sentimentale, persuadé d'ailleurs de l'instabilité de cette fille, il se réjouit d'une relation aussi comblante et aussi peu menaçante pour sa liberté. Mais personne n'est vraiment d'accord pour un amour sans suite et, de peur de perdre à jamais celle qui vient de lui faire retrouver le bonheur, il la mêle d'instinct avec la beauté du paysage afin de la retrouver chaque printemps jusqu'à la fin de ses jours, afin d'en faire en quelque sorte l'incarnation de l'éternel printemps.

Toutes les feuilles des peupliers et des trembles qui rient dans la lumière du matin sont les yeux verts de Jolicoeur. La rosée qui perle aux corolles des fleurs, c'est la *chantepluie* de Jolicoeur. Les flaques d'eau et les étangs limpides sont les miroirs de Jolicoeur. Le rire de Jolicoeur étincelle en paillettes de couleurs sur les plumes du pic flamboyant et de l'oriole de Baltimore. Les mouchetures des feuilles d'érythrones sont les grains de rousseur du nez fin de Jolicoeur. Le babil des oiseaux qui se font la cour à la cime des érables évoque les chansons de Jolicoeur. Chaque tache écarlate sur les ailes d'encre des carouges, c'est la casquette de Jolicoeur. Tout le parfum des fleurs, c'est la chair enivrante de Jolicoeur. Une corneille qui plane, c'est le pantalon noir de Jolicoeur lancé haut dans le ciel pour la fête d'amour. Chaque pissenlit qui épanouit sa joie jaune dans les prés herbus, c'est le bonhomme-sourire sur la petite culotte de Jolicoeur. Les outardes qui volent en V, ce sont les cuisses de Jolicoeur qui s'ouvrent sur le lit rose du brouillard. Le bleu du ciel, c'est la morsure d'amour de Jolicoeur. Les trilles frémissent comme des milliers de tétins sur la poitrine du sous-bois voisin. Les crosses de fougères sont les petits poils frisés du pubis de Jolicoeur. Tous les chatons du saule sont des clitoris de velours qui vibrent sous la main caresseuse du vent. Les ruisseaux qui gazouillent comme des oiseaux parmi les mousses sont les huiles d'amour qui mouillent les cuisses de Jolicoeur.

Sans quitter sa forme d'homme, Michel sent qu'il se dilate aux dimensions de l'univers. Des liens de chair le relient aux arbres, aux nuages, aux astres

190

du fin fond du ciel. Jamais plus il ne pourra glisser dans le vide. Jolicoeur est partout, partout. Jamais plus il ne pourra se sentir seul sur la terre. Il se dépouille du drap qui l'enveloppe comme un suaire, se jette à quatre pattes, nu, sur la terre, mâchouille des herbes, à la manière des chats lascifs, yeux mi-clos de bonheur. Il s'allonge sur le sol, creuse un trou en forme de bouche, y colle ses lèvres, embrasse à pleine bouche la terre.

Le fleuve est une femme heureuse dont le ventre frissonne de désir tandis que s'érige pour la fête du jour la fleur de chair du soleil. Michel se dresse, debout, bras ouverts, nu comme un nouveau-né dans la lumière, et crie: «Merci les arbres! Merci les fleurs! Merci le fleuve! Merci le ciel! Merci la terre! Merci les bêtes, les oiseaux! Merci l'univers! Merci sainte Benoîte des Ruisseaux! Merci Jolicoeur! Merci Jolicoeur! Merci Jolicoeur!

Le luneau

«Ça ferait bien dans votre salon. C'est en plein ce que vous cherchez... et à peu près dans les prix que vous voulez payer.» Richard Francoeur, vendeur dans un magasin de meubles de Nicolet, répétait, à longueur de journée, les mêmes formules susceptibles d'inciter les acheteurs à ouvrir leurs portefeuilles. Chaque matin, tiré à quatre épingles dans son complet gris, portant la veste, la lèvre supérieure ornée d'une généreuse moustache noire pour inspirer confiance, il reprenait son boniment. Dès qu'un client se présentait, Richard l'accueillait avec affabilité puis il lui faisait, pour vendre le plus de meubles possible, les suggestions routinières: «Vous divisez votre salon en deux: dans une section, vous installez deux divans de velours pour recevoir les visiteurs; dans l'autre section, vous vous faites un coin plus intime avec des fauteuils, puis dans une petite pièce, à côté, vous disposez des chaises berçantes et un appareil de télévision.»

Mais depuis quelque temps, Richard était las de proposer du bonheur aux autres. Il se prenait à envier les jeunes couples qui se préparaient à bâtir leurs nids d'amoureux et il devenait de plus en plus distrait. Il lui était même arrivé, à deux ou trois reprises, de désigner à des clients un large lit au matelas fleuri en disant: «Ça ferait bien dans votre salon...»

En fait, il ne s'intéressait plus du tout à son travail et il s'impatientait attendant que sonne midi pour aller chercher son courrier au bureau de poste où, quelques semaines plus tôt, par un jour sinistre de décembre, il était resté bouche bée devant la beauté d'une jeune femme à la longue chevelure rousse. Cette inconnue avait illuminé la grisaille de son quotidien comme un météorite. Et depuis cette rencontre, Richard, les yeux remplis de lumière, voyait la vie en roux. Il ne dormait plus guère, passant la nuit à inventer des plans de conquête qui, le jour venu, s'avéraient irréalisables.

La jeune femme, pourtant, n'était pas une chimère. Nouvellement arrivée à Nicolet, elle pouvait avoir environ vingt-deux ans et travaillait à la banque. Richard s'y était rendu, par curiosité, et avait pu lire son prénom: Mireille, gravé sur l'un des petits écriteaux du comptoir. Mais chaque fois qu'il la voyait, le midi, traverser la rue en direction du bureau de poste, vêtue d'une jupe de tartan, d'un court manteau vert et chaussée de bottes luisantes, c'était un astre dont le rayonnement niait la blancheur glacée de l'hiver et Richard, le coeur battant, ne l'appelait plus Mireille mais Merveille! Merveille! Merveille!

Il l'avait suivie, discrètement, lorsque, en fin de journée, quittant la banque, elle rentrait chez elle dans sa petite Renault verte. Il existe, aux environs de Nicolet, deux chemins de campagne parallèles baptisés des noms fantaisistes de rang Le Grand-Saint-Esprit et de rang Le Petit-Saint-Esprit. C'est dans le rang Le Petit-Saint-Esprit, à quelques kilomètres de la ville, que la jeune femme avait loué une maison ancienne, recouverte de papier-brique, au toit de tôle en accent circonflexe, aux portes peintes en bleu.

À plusieurs reprises, il s'était proposé de l'aborder, simplement, mais chaque fois qu'il s'approchait d'elle il se sentait devenir tout petit et avait l'impression de se retrouver transformé en un lilliputien dont la tête émergeait à peine de ses larges souliers. Il n'avait pas longuement fréquenté l'école et était bien conscient que son modeste emploi de vendeur n'avait rien de particulièrement valorisant. «Si j'étais un type qui a une grosse éducation, qui a de l'argent, si j'étais un grand sportif, un acteur, un héros de romans, je me sentirais plus à la hauteur de la situation, mais, dans l'état où je me trouve, jamais elle n'abaissera le regard sur un minable comme moi.»

Était-ce à cause de son port altier de femme indépendante qui vit dans un autre monde que celui du commun des mortels ou de l'intensité du sentiment amoureux qu'elle attisait dans son coeur? Était-ce à cause du caractère un peu sacré dont s'auréole la femme rousse, elle que la faveur des dieux a honorée dès sa naissance en la désignant pour porter sur sa tête sa chevelure comme un soleil? Richard, en tout cas, ne parvenait pas à se décider à faire sa connaissance.

On était à deux jours de Noël. En fin de journée, il fit le tour des boutiques achalandées dans l'espoir de trouver un cadeau digne de celle qui lui bouleversait le coeur. Il regarda les pièces de céramique, les batiks représentant des paysages ravissants, les émaux sur cuivre, il hésita entre des savons en forme d'oiseaux, des savons à la glycérine parfumés à l'abricot, à la mandarine et aux pommes vertes, il faillit acheter des boucles d'oreilles et un pendentif d'argent en forme de papillon, il ouvrit et referma quantité de boîtiers de Chine et du Cachemire brodés de fleurs, ornés de paons et de lotus, mais aucun cadeau ne lui parut assez admirable pour cette femme exceptionnelle à qui, d'ailleurs, il n'aurait pas eu le courage d'aller le porter.

Le lendemain, un samedi, il se retrouva seul, à vingt-trois ans, dans un appartement de l'avenue des Pins où il venait d'emménager, quelques mois plus tôt, afin de prendre un peu d'autonomie et de se rapprocher de son travail. Originaire de Saint-François-du-lac, il lui aurait été facile de se rendre dans sa famille mais il n'avait le goût de voir personne et il alla s'acheter un sapin qu'il entreprit de décorer, ses parents, qui ne voulaient plus faire d'arbres de Noël, lui ayant donné une pleine boîte de boules et de guirlandes.

Il disposa à la pointe des branches, avec leurs collerettes de papier d'aluminium en forme d'étoiles, les ampoules lumineuses colorées. Il entoura chacune d'elles de ces filaments blancs appelés cheveux d'anges. Il couronna la cime d'une magnifique étoile de papier doré rendue scintillante par une douzaine de petites lumières. Il déposa parmi les aiguilles du sapin des maisonnettes aux vitres de papier rouge, un minuscule château à la tour crénelée, un chevreuil de plastique rose, une botte fantaisiste — qui avait déjà contenu des bonbons — dont le couvercle était une tête barbue de père Noël. Il dissémina des glaçons argentés puis il suspendit les boules. L'une d'elles avait la forme d'une cloche rouge; une autre portait sur son flanc, dessiné avec des particules brillantes, un bonhomme de neige; sur une autre, on avait peint un prince, coiffé d'un chapeau à plumes, vêtu d'un pourpoint aux manches bouffantes; il y en avait des transparentes, il y en avait de toutes les formes et de toutes les couleurs; la plus belle, longue d'une trentaine de centimètres, constituée de trois boules de grosseur décroissante — une rouge, deux or — s'effilait comme l'une de ces lances portées par les chevaliers d'un moyen âge de légende. Il suspendit encore de petites pièces de bois peint découpées en forme de clés de sol, de dièses, de bémols puis il brancha sur la prise électrique l'arbre qui s'illumina de féerie.

Accoudé sur des coussins, Richard s'allongea sur le tapis, se servit une infusion aux odeurs de camomille, de menthe, d'écorces d'oranges et d'églantines, et il contempla le sapin surchargé d'ornements qui scintillait. Mais il manquait le plus somptueux de tous les joyaux et, sans la présence de Mireille, toute cette splendeur avait le caractère d'une fête artificielle. «C'est trop bête, se morigéna Richard, tu ne vas pas passer la journée à te tourmenter à cause de cette fille, va plutôt faire une balade en skis, ça te changera les idées!» À dix minutes de chez lui, serpentait dans une forêt de conifères une piste de ski de randonnée où Richard se rendait presque quotidiennement. Une neige moelleuse fraîchement tombée venait de recouvrir le sol d'un blanc velours de flocons. Richard hésita, obligé de secouer le délicieux endormitoire qui lui venait de sa tisane parfumée, puis il s'habilla chaudement et chaussa ses skis. Il devait se hâter car la nuit, se substituant sournoisement au gris du ciel, descend très vite par les après-midi d'hiver.

Il s'engagea presque au pas de course dans le sentier qui conduit à la piste vallonneuse dite *accidentée* qui avait sa préférence. Autour de lui les sapins chargés de neige ressemblaient à des demoiselles aux manteaux verts bordés de fourrure, parées de toques et de manchons d'hermine. Des empreintes de pattes de perdrix étoilaient la surface immaculée. Ici et là, sur les troncs, un écriteau portait l'inscription: ÉRABLE, BOULEAU, CHÊNE, mais cette forêt se composait surtout de pins, d'épinettes, de cèdres et de pruches étroitement serrés les uns contre les autres. Malgré l'habitude qu'il avait de ce circuit, Richard ne venait jamais en ce lieu sans y découvrir de nouveaux sujets d'émerveillement: écorces criblées de champignons, bonds d'écureuils, feuilles de chênes tenant tête à l'hiver au bout de leurs pétioles tordus, transformant en musique leurs frissons de froid. Mais ce jour-là, l'esprit trop préoccupé, il filait de façon plutôt machinale. À un moment, il s'arrêta pour reprendre son souffle: le soleil, qui venait de s'évader de la prison uniformément grise des nuages, luisait pourpre parmi les cimes et s'apprêtait à glisser sous l'horizon; à cause de l'heure tardive, tous les skieurs avaient regagné leurs domiciles et un silence oppressant, ce silence qui procure une sensation de vertige lorsqu'on est seul au fond des bois, signifia à Richard qu'il était temps de reprendre sa course en direction de la sortie.

Il ne s'aperçut pas, dans sa hâte et sa distraction, qu'il venait d'obliquer, à fond de train, dans un sentier inconnu. C'est un écriteau, sur un tronc, qui lui en fit prendre conscience. Sur l'écriteau se lisait le nom CRACOA. Richard ne connaissait pas cette variété d'arbres et le geignement de ces longs squelettes aux os verglacés le remplit de frayeur. Craignant de s'être égaré, il voulut retourner sur ses pas mais la piste, derrière lui, s'était effacée. Il n'avait aucune idée de l'endroit où il se trouvait. Il ne lui restait donc qu'à suivre, le plus rapidement possible, la piste qui, devant lui, demeurait tracée et conduisait en plein vers le soleil couchant qui s'arrondissait à peu de distance de l'horizon.

Un autre écriteau attira l'attention de Richard. Cette fois, il s'agissait d'un BOULHAUTBOIS. Cet arbre avait conservé ses feuilles, desséchées bien sûr et brûnies, et chaque feuille, longue d'un mètre, avait la forme d'un hautbois. D'autres arbres, qui ne lui

200

cédaient en rien en étrangeté, avaient également, dans cette section de la forêt, gardé leurs feuilles énormes. Un PIRLOUIS — chaque arbre portait son nom inscrit sur un écriteau — agitait des feuilles en forme de flûtes. Un VIOLARPE produisait, en alternance, des feuilles en forme de violons et de harpes. Les feuilles en forme de lyres d'un ÉPILYRE trémulaient au vent. Aux branches d'un GUILUTH se balançaient de larges feuilles en forme de guitares et de luths. L'hiver frappait de ses petits maillets de froid les feuilles en forme de xylophones d'un XYLOFRÈNE.

Enchanté et terrifié tout à la fois par ce spectacle, Richard se rassura en apercevant sur la neige de nombreuses pistes de raquettes, mais il ne tarda pas à s'inquiéter de nouveau en constatant que ces pistes étaient deux fois plus grandes que la normale. Redoutant l'approche de la noirceur, il recommença à glisser le plus vite possible mais les arbres, devant lui, devenaient de plus en plus flous. Plaçant sa main en visière, il parvint à lire le nom de l'un d'entre eux. Il s'agissait d'un PEUPLULOIN appartenant à une espèce d'arbres ayant la propriété de s'éloigner lorsqu'il tentait de s'approcher d'eux.

À mesure qu'il avançait, par contre, la distance entre le soleil et lui s'amenuisait et il eut l'impression, à un moment, qu'il pouvait presque toucher l'astre de feu. Mais il dut s'arrêter car il était au bord d'un précipice. Et quel précipice! C'était le bout de la terre, car la terre avait repris la forme de disque plat qu'elle avait eue, jadis, dans les récits des premiers aventuriers. Et ce n'est plus le soleil couchant qui était devant lui mais Mireille, Mireille dont le soleil se révéla être la chevelure, Mireille qui glissait tentant de s'agripper aux parois lisses du précipice. Richard voulut l'aider mais elle était hors de sa portée et il vit la jeune femme à cheveux de rayons, aux lèvres bâillonnées de verglas, glisser dans une boule de glace en suspension dans le vide. Une fois emprisonnée dans cette sphère, sa chevelure se couvrit d'un frimas qui ressemblait à des cheveux d'anges et la jeune femme se trouva vêtue d'une tunique blanche lisérée d'une dentelle de givre.

Richard, stupéfié par ce spectacle et désemparé par son impuissance à secourir la belle rousse qui gisait prisonnière d'une sphère de glace, restait debout, au bord du gouffre, le bout de ses skis pointant périlleusement dans le vide. Et c'est alors que la nuit monta du fond de l'univers. La nuit était un monstre à longs poils, de forme vaguement anthropoïde, et de son corps gigantesque se dégageait, comme une fumée, la noirceur, la noirceur qui recouvrit le ciel, les arbres et la terre. Le monstre de la nuit, affublé d'une longue queue de la minceur d'un fil, tourna vers Richard son oeil unique, énorme et rond, et cet oeil était la pleine lune. Et ce cyclope à fourrure de fumée noire portait, suspendu à son cou, un écriteau sur lequel apparaissait, à la lueur lunaire, son nom: LE LUNEAU.

Le luneau prit dans l'une de ses mains velues la boule de glace où gisait Mireille, souleva de l'autre main Richard en l'empoignant par ses vêtements et il se mit lourdement en marche dans les ténèbres. Terrifié par la tournure des événements, Richard appela la jeune prisonnière mais elle ne parut pas l'entendre. Il cria de toutes ses forces: «Mireille! Mireille! Mireille!» La captive aux cheveux de frimas, comme figée par quelque maléfice, demeura sourde à sa voix mais les sonorités scintillantes de son nom, s'élevant dans le ciel, donnèrent naissance à trois étoiles. Et Richard, découvrant ce pouvoir de lutter contre la nuit, continua de crier: «Mireille! Mireille! Mireille!» et chaque fois qu'il prononçait ce nom

202

une étoile s'allumait et chaque fois qu'une étoile s'allumait le luneau, frissonnant d'effroi à la vue de la lumière, tentait de l'éteindre en soufflant son haleine glacée sur elle.

Pressé de faire taire Richard, il courut à pas poilus jusqu'à une clairière, au centre d'une forêt de conifères, où se dressait un minuscule château blanc à la tour crénelée. Sur le pont-levis abaissé, gesticulait un tout petit roi éclairé par la lueur qui filtrait par les vitraux de papier rouge du château. Ce tout petit roi, ventru comme une poire et pas plus haut que ce fruit, n'avait qu'une seule jambe et qu'un seul pied, mais quel pied! Un pied aussi gros qu'un hippopotame. Et si ce pied était si disproportionné par rapport au souverain c'est que ce curieux monarque hystérique pensait par son unique pied.

Dès que le luneau, en fidèle serviteur, eut jeté Richard au pied du roi, celui-ci, coiffé d'un bonnet de fou, agité de tics nerveux, la figure plissée de grimaces, s'efforçant, malgré son allure dérisoire, de solenniser son discours, déclara avec pompe: «En notre qualité d'Empereur de l'univers et de Maître suprême du destin, nous, Dieudonné premier et Dieudonné dernier, avons décidé dans notre auguste sagesse, faisant fi de votre petite extrace, de vous élever, vous Richard Francoeur ici présent, au titre de prince de la nuit en vous faisant l'incommensurable honneur de vous donner la main de notre fille, la princesse Lunelle ici présente qui, par un caprice d'icelle, nous a requis, nous, son sérénissime père, de vous envoyer quérir parmi la plèbe des humains afin que vous deveniez son époux. Que la cérémonie commence!»

Richard, éberlué, chercha partout des yeux sans apercevoir la moindre trace de celle qu'on lui désignait comme étant sa promise jusqu'au moment où il aperçut un croissant de lune orange, aux pointes tournées vers le haut, disposé comme un sourire. Et il comprit que ce croissant orange, suspendu au-dessus de lui, tranchant comme un cimeterre, était le sourire de la princesse Lunelle dont le corps se confondait avec la nuit et, bien qu'incapable de distinguer son visage, il la trouva laide comme la mort.

«Lunelle, princesse de la nuit, enchaîna le roitelet, acceptez-vous Richard Francoeur ici présent comme époux?» Au mouvement de l'horrible sourire orange, Richard comprit que la princesse acquiesçait. «Richard Francoeur, misérable humain, reprit le souverain en brandissant son sceptre pour bénir leur union, acceptez-vous l'illustrissime main de notre fille...»

— Sire! l'interrompit Richard en bafouillant, Altesse! Majesté! Je... je suis déjà en quelque sorte fiancé... mon coeur appartient à une jeune femme de la terre et je...

Il cherchait une formule convenable afin de ne pas trop blesser la susceptibilité du minuscule tyran mais, à l'idée d'être uni avec le monstre à sourire orange, avec Lunelle, princesse de la nuit et soeur sans doute du luneau, il ne parvenait pas à cacher sa répulsion.

Alors le roi entra dans une grande colère. Ulcéré qu'on ose contester ses ordres, il hurla: «Qu'on le jette aux turlupics! Qu'on le jette aux turlupics! Qu'on le jette aux turlupics!»

Le luneau, s'emparant de Richard, le fit tournoyer au-dessus de sa tête, le lança dans l'air. Richard alla atterrir, empêtré dans ses skis, dans la clairière d'une forêt d'épinettes. Autour de lui, l'encerclant, se dandinaient les turlupics. Les turlupics étaient des bêtes vertes, hautes comme des orignaux, mais dont le corps avait la minceur et la forme de feuilles de houx. Leurs larges pattes s'étalaient sur la neige comme des raquettes et c'était leurs pistes que Richard avait aperçues précédemment lorsqu'il errait parmi les cracoas, épilyres, xylofrênes, guiluths et boulhautbois. Ils épiaient leur victime avec leurs tout petits yeux qui ressemblaient aux fruits rouges du houx. Hérissés de dards, disposés en couronne autour de Richard, ils commencèrent à se rapprocher de lui afin de le transpercer avec leurs épines. Au moment où les piquants allaient déchirer ses vêtements, il se défendit en attaquant les bêtes avec la pointe de ses bâtons de ski. Les turlupics, surpris par sa fougue, ne parvinrent pas à resserrer leur étreinte mortelle. Blessés, quelques-uns s'affaissèrent sur la neige et Richard en profita pour prendre la poudre d'escampette.

Mais dès qu'il eut fait quelques pas, il dévala sur une pente raide où il fut emporté à une vitesse vertigineuse. Il évita de justesse des arbres qu'il distinguait à peine dans le noir mais il ne vit pas une crevasse qui s'ouvrait devant lui et il tomba dans un trou profond. Lorsqu'il eut repris ses esprits, car il s'était heurté la tête, et qu'il eut tâté ses membres pour constater qu'il n'avait rien de brisé, il entreprit de sortir de cette fosse; la situation, toutefois, se révéla rapidement sans espoir car son espèce de geôle avait la forme d'une sphère. Les parois de glace, rondes, absolument lisses, n'offraient aucune prise et se recourbaient vers un orifice inatteignable, par où il était tombé, situé très loin au-dessus de lui.

Il s'épuisa en vains efforts et finit par s'allonger, fourbu, sur le fond glacé. Luttant contre la fatigue, s'efforçant de ne pas succomber au sommeil afin de ne pas périr gelé, il remarqua soudain avec horreur que son corps se couvrait peu à peu de flocons. Il lui devenait pénible de faire le moindre geste. Il sentait le froid s'infiltrer dans ses veines en remplaçant progressivement le sang. Dans un effort surhumain, il parvint à se mettre debout mais ce fut pour constater qu'il venait de se métamorphoser en un bonhomme de neige identique à ceux que façonnent les enfants. Il se tenait debout, bras ouverts, le bas du corps arrondi, et allait désespérer tout à fait de son état lorsqu'il se sentit soulevé. C'était le luneau, le cyclope à oeil de pleine lune, qui venait de le retrouver et qui l'emportait de nouveau vers le roi. Le monstre tenait toujours dans l'une de ses mains velues la boule translucide dans laquelle gisait Mireille vêtue d'une tunique blanche lisérée d'une dentelle de givre. Et Richard s'aperçut qu'il l'emportait, lui, dans son autre main et que la fosse où il était tombé était en réalité une sphère de glace ressemblant à celle qui emprisonnait Mireille.

Se rappelant que le nom de la belle rousse avait des propriétés magiques, il concentra le peu d'énergie qu'il lui restait et parvint à prononcer: «Mireille» en bougeant avec peine ses lèvres figées sous le verglas. Aussitôt, une étoile apparut dans sa bouche, réchauffa ses joues, redonna vie à ses muscles et Richard, dès qu'il eut repris quelques forces, souffla sur l'étoile qui fut projetée hors de la sphère par l'orifice et s'alla loger dans l'oeil énorme du luneau qu'elle piqua de toutes ses pointes. Le monstre poussa un hurlement épouvantable, échappa la boule qui se brisa au contact du sol. Richard, retrouvant sa forme d'homme, prit la fuite en glissant le plus rapidement qu'il put sur ses skis mais il fut de nouveau emporté à une vitesse vertigineusé sur une pente raide parmi des arbres qu'il contournait par miracle. Il ne les évita pas tous cependant et finit par entrer à folle allure dans une masse d'aiguilles de pins, bascula, rebondit sur la pente, se mit à dévaler sur le dos et, tombant dans une crevasse, il s'immobilisa de nouveau au fond d'une geôle de glace aux parois sphériques semblable à celle d'où il avait eu tant de peine à s'évader.

Cette fois, au lieu de s'épuiser en vaines tentatives de fuite et de se mettre, affaibli, à la merci du luneau, Richard, enlevant ses skis et ses bâtons, s'assit en position de méditation, prit sa tête dans ses mains et concentra son esprit sur la chevelure de Mireille. Il s'y employa si bien que, un à un, les cheveux de sa bien-aimée apparurent autour de lui, l'enveloppèrent progressivement dans leur chaude rousseur et tissèrent autour de notre héros une sorte de chrysalide au centre de laquelle il commença à se transformer. Sa tête se coiffa d'un magnifique chapeau orné d'une longue plume bleue et son corps fut vêtu d'un haut-de-chausses à crevés et d'un pourpoint de satin rouge aux manches bouffantes. Émerveillé par cette métamorphose, il se mit debout, beau comme un prince de légende, et se dégagea du cocon de cheveux.

Il était transformé en prince, certes, mais un sortilège le maintenait encore prisonnier dans la sphère de glace. Il s'interrogeait sur les dispositions à prendre pour sortir de cette situation lorsque le luneau, de nouveau, soulevant la boule dans sa main, l'emporta vers le château du roi.

À travers les parois de sa sphère, Richard aperçut Mireille toujours captive et inerte dans l'autre sphère portée par le luneau mais il eut, cette fois, la sagesse d'attendre l'issue de cet étrange voyage avant de tenter quoi que ce fut pour libérer sa bien-aimée.

De retour dans la clairière où s'élevait le château à la tour crénelée, le luneau projeta la boule qui enfermait Richard contre le sol où elle se brisa. Richard en sortit comme un poussin émerge d'un oeuf et se retrouva face au minuscule monarque hystérique affublé du pied géant grâce auquel il pensait. Il n'était pas facile cette fois de lui fausser compagnie

207

car le tyranneau à la figure grimaçante et au bonnet de fou avait eu la précaution d'ordonner aux turlu-pics de se disposer en couronne tout autour de la clairière. Cerné de tous côtés par les puissantes épines de ces bêtes vertes aux larges pattes en forme de raquettes, Richard, privé des bâtons de ski qui lui avaient déjà servi d'armes, prit le parti de réfléchir en tendant une oreille distraite à la harangue du souve-rain. Il se présentait d'ailleurs cette fois vêtu en prince et il sentit que son allure altière faisait bonne impression sur le roi.

— Nous nous réjouissons, Richard Francoeur, de vous voir revenu à de meilleures dispositions. Nous constatons avec satisfaction que les épreuves de la vie vous ont mûri et qu'à défaut de quartiers de noblesse elles vous confèrent à tout le moins quelque vernis de dignité.

Le roi, s'efforçant de contrôler les tics nerveux qui lui faisaient habituellement tressauter le ventre et les épaules, essayait d'articuler avec pondération mais il parlait avec une menue voix nasillarde res-semblant aux jappements de ces petits chiens de salon qui tentent de compenser par leur humeur bel-liqueuse leur craintive insignifiance. À la fin de cha-que phrase, il s'arrêtait et trépignait d'impatience en attendant que les idées, provenant de son pied géant, parviennent jusqu'à son minuscule cerveau.

— C'est avec un sentiment de légitime fierté qu'en notre qualité d'Empereur de l'univers et de Maître incontesté du destin, nous, Dieudonné pre-mier et Dieudonné dernier, vous faisons de nouveau l'ineffable honneur, dans notre très auguste sagesse, de vous donner la main de notre fille la princesse Lunelle ici présente. Et afin de s'assurer du caractère irrévocable de leurs serments, les futurs époux vont boire une gorgée d'un philtre appelé AMOROSO,

208

philtre qui a le pouvoir de sceller les unions pour mille ans et un jour. Que la cérémonie commence!

Un turlupic vint déposer devant le roi une bouteille rouge, en forme de cloche, qui contenait le philtre AMOROSO tandis que Richard, d'un coup d'oeil rapide, évaluait ses ennemis. À sa gauche, haut dans le ciel, l'oeil énorme du luneau épiait chacun de ses mouvements. Suspendu au-dessus de sa tête comme un cimeterre se balançait un croissant de lune qui était le sourire orange de la princesse de la nuit. Autour de la clairière, luisaient les dards des turlupics.

«Que la cérémonie commence!» répéta le roi et le hideux sourire de la princesse s'approcha de notre héros pour l'embrasser.

Sans broncher, se tenant droit devant le roi, Richard cria de toutes ses forces le nom de sa bien-aimée: «Mireille!» et le ciel se mit à scintiller d'étoiles qui, se rapprochant, semèrent la panique parmi les turlupics que la moindre lueur avait le pouvoir de terroriser.

Il cria: «Mireille!» une seconde fois, se mit à grandir, à grandir et atteignit bientôt une taille aussi gigantesque que celle du luneau.

Il cria: «Mireille!» une troisième fois et, dans le fourreau suspendu à sa ceinture apparut une épée qu'il s'empressa de dégainer. Cette épée avait une lame d'argent et trois pommeaux de grosseur décroissante: un rouge et deux or. Elle était si éblouissante qu'elle semblait faite de pure lumière.

Richard brandit l'arme tandis que ses adversaires épouvantés s'agitaient en un hourvari de clameurs et que le roi, nasillant, vociférait: «Qu'on le jette aux turlupics! Qu'on le jette aux turlupics! Qu'on le jette aux turlupics!»

D'un coup vif, Richard perfora le pied du monarque qui se dégonfla comme un pneu et le dérisoire Maître de l'univers, privé de sa source de pensée, se ratatina en faisant entendre un petit sifflement: «s-s-s-s-s-s-s...» Il enfonça jusqu'aux pommeaux son épée dans l'oeil du luneau; le monstre, fou de douleur, s'abattit sur la neige en tressautant et finit par s'y immobiliser; au moment d'agoniser, il trouva toutefois assez de forces pour projeter à une très grande distance la sphère de glace qui retenait Mireille prisonnière. Richard embrocha chacun des turlupics. Il voulut s'attaquer à la princesse Lunelle mais il ne put rien contre elle car elle était sans consistance, elle n'était qu'une des chimères de la nuit; notre héros s'empara toutefois de son sourire orange et, en en joignant les pointes, il lui donna la forme d'un anneau.

Une lueur, soudain, se mit à rosir l'horizon. C'était le sang du luneau qui, s'écoulant par son oeil crevé, se répandait en colorant le ciel. Richard s'étonna qu'un sang rose jaillisse du cadavre d'un être aussi rempli de maléfices mais son coeur fut soulevé de joie en voyant au-dessus des cimes pointues des conifères la naissance de l'aurore. Pour ajouter à cette fête de lumière, une musique se répandit dans le matin. C'était la forêt enchantée dont les larges feuilles en forme d'instruments frémissaient sous la caresse d'un doux vent réunissant avec harmonie des frissons de harpes, des gazouillis de flûtes et de lyres, des tendresses de hautbois, des soupirs de luths, des pépiements de guitares et des rires de xylophones.

À ce signe, Richard comprit que son périple au royaume des ténèbres tirait à sa fin. Il lui restait encore à retrouver la boule de glace projetée par le luneau et à délivrer Mireille de cette geôle mais, avant de se mettre en marche, il voulut emporter quelques souvenirs de son combat afin de constituer une sorte de trésor. Il y avait d'abord l'anneau formé avec le sourire de Lunelle. Il y ajouta la bouteille d'AMOROSO et recueillit sur la neige des yeux de turlupics qui avaient la consistance de petites perles rouges. Il détacha de chacun des arbres une grande feuille et écorcha le luneau afin d'en conserver l'épaisse toison noire. Puis il s'assit sur cette fourrure pour prendre un peu de repos tandis que l'aube continuait de peindre le ciel en rose.

Mais le luneau n'était pas tout à fait mort. Dans un effort ultime, il parvint à tirer sur sa longue et mince queue dont le bout se révéla être la fiche d'une prise électrique; ce geste du monstre eut pour effet de débrancher en quelque sorte le courant responsable de l'illumination de l'aurore et le monde fut de nouveau plongé dans la nuit.

Richard sursauta et comme il allait enfoncer son épée dans le corps du luneau, il s'éveilla, abasourdi, dans le salon de son appartement de l'avenue des Pins. Allongé sur le tapis, au pied de l'arbre de Noël, il était en train de malmener un coussin. Il lui fallut un bon moment pour se remettre de sa surprise; il reconnut dans les boules et les décorations du sapin les éléments de l'univers de fantasmagorie où il venait d'évoluer et, comprenant qu'il venait de faire un rêve, il se réjouit d'être de retour dans la réalité.

«Il doit être bien tard», se dit-il en se mettant debout pour aller préparer son souper. Il consulta sa montre: il était dix heures. Il régnait dans la pièce une pénombre bien différente de l'obscurité nocturne. «Serait-ce qu'il est dix heures du matin et que j'ai dormi toute la nuit?» s'interrogea-t-il. Se dirigeant vers la fenêtre, il donna du pied contre un objet et se retrouva à plat ventre sur le tapis. Il se releva, tira les rideaux, la lumière du jour envahit le salon: l'objet contre lequel il venait de buter était une magnifique épée à trois pommeaux et, dès qu'il la

211

prit dans sa main, elle se mit à briller. Il n'avait pas remarqué, dans le clair-obscur, son étrange accoutrement mais maintenant il constatait avec stupéfaction qu'il portait sur la tête un large chapeau paré d'une longue plume bleue et qu'il était vêtu d'un haut-de chausses à crevés et d'un pourpoint de satin rouge aux manches bouffantes.

«Qu'est-ce que c'est que cette hallucination?» protesta-t-il en se répétant qu'il est des songes dont on éprouve parfois quelques difficultés à se dégager. Tout pourtant, autour de lui, se révélait parfaitement réel, platement réel même. C'était bien son ennuyeux appartement de l'avenue des Pins, c'était bien l'arbre de Noël qu'il avait décoré la veille mais, malgré ses efforts de rationalisation, il demeurait habillé en prince. Il se dit qu'en regardant dehors, la forte luminosité du jour — car il était effectivement dix heures de l'avant-midi — l'aiderait à chasser cette illusion.

Il s'approcha de la fenêtre, se rassura en contemplant l'azur du ciel et le soleil qui s'amusait à se refléter dans le miroir de la neige mais son étonnement ne fit que s'accroître lorsqu'il aperçut, devant sa porte, un traîneau royal monté sur des patins d'or et tiré par un chevreuil de sucre candi aux cornes de lumière.

Choqué par ce nouveau mirage, Richard sortit en courant et s'approcha du somptueux véhicule dans l'espoir de le voir disparaître comme une bulle de savon qui crève. Mais le traîneau ne broncha pas. Le jeune homme en fit plusieurs fois le tour, le toucha de la main et finit même par y monter incapable de résister à la curiosité qui s'était emparée de lui en y apercevant un grand coffre serti de pierres précieuses. Mais dès qu'il y eut mis le pied, le chevreuil partit au galop par les rues de Nicolet. La situation de Richard lui apparaissait d'autant plus aberrante qu'il reconnaissait parfaitement les maisons et les promeneurs de la petite ville paisible. Les automobiles circulaient comme à l'accoutumée. Il n'était pas en train de rêver, cette fois, tout était absolument normal excepté lui qui se voyait entraîné à bord de ce fabuleux équipage.

Dépassant la voie ferrée et la vieille gare, le véhicule d'or quitta la localité pour se diriger vers la campagne. Un petit plectrophane des neiges vint voleter au-dessus des cornes de lumière du chevreuil. Il tenait dans ses pattes un écriteau sur lequel on pouvait lire: PETIT SAINT-ESPRIT. «Ça c'est le comble! s'exclama Richard, voici que je suis guidé par le petit Saint-Esprit!» Le traîneau, effectivement, s'engagea dans le rang Le Petit-Saint-Esprit et ne s'arrêta qu'une fois parvenu à la maison de la belle rousse, maison que Richard eut d'ailleurs quelques difficultés à reconnaître car elle avait maintenant l'allure d'un petit château flanqué d'une tour à créneaux.

Richard, mal à l'aise de se retrouver ainsi, déguisé en prince, à la porte de celle pour qui son coeur avait tant soupiré, hésita à descendre du traîneau. «Qu'est-ce qu'elle va penser de moi? De quoi ai-je l'air, affublé de la sorte? Et il n'est que dix heures du matin, elle n'est peut-être même pas levée...» Il réfléchit longuement, ordonna au chevreuil de retourner sur ses pas mais sans succès car la bête était de nouveau immobilisée dans le sucre candi.

Finalement, réunissant tout son courage, incapable de fuir le ridicule de cette situation, il descendit du traîneau et, emportant le coffre serti de pierreries, il alla heurter discrètement à la porte de la maison-château.

Vêtue d'une robe de chambre verte en mohair, chaussée de pantoufles brodées de fleurs, Mireille vint lui ouvrir avec le plus lumineux sourire. Elle s'ennuyait justement pour mourir, passant Noël loin de sa famille, sans amis; depuis des jours et des jours, se berçant, seule, dans sa maison, elle se désolait devant la platitude de son existence, souhaitant la venue d'un homme extraordinaire, différent des types qu'elle rencontrait quotidiennement, attendant que se produise quelque chose d'exceptionnel. Elle était en train de prendre son petit déjeuner, la cuisine sentait bon les rôties et les confitures.

Elle accueillit Richard avec simplicité, lui offrit une chaise et il émanait tant de joie de toute sa délicate personne que le jeune homme retrouva rapidement confiance en lui-même. Il déposa le coffre sur le plancher, en ouvrit le couvercle et s'enthousiasma en y découvrant les trésors qu'il avait réunis après son combat contre les puissances des ténèbres. S'efforçant de contenir sa très vive émotion, il en sortit une large feuille d'épilyre et la tendit à la jeune femme en bafouillant: «Je vous ai apporté quelques petits cadeaux pour égayer votre jour de Noël.» Il en sortit une feuille de pirlouis, une feuille de violarpe, une feuille de xylofrêne, une feuille de guiluth, une feuille de boulhautbois. Et chaque fois qu'il présentait à la belle rousse une de ces feuilles en forme d'instruments, il ne pouvait s'empêcher de dire, pour se donner de l'assurance bien que conscient de la stupidité de ses propos: «Ça ferait bien dans votre cuisine... Ça ferait bien dans votre salon...»

Mireille disposa contre les murs les superbes instruments d'où s'éleva soudain une musique très douce. Et chaque fois elle s'exclamait: «J'ai toujours rêvé qu'on me donne une feuille de guiluth! J'ai toujours rêvé qu'on m'offre une feuille de boulhautbois!»

Mais elle n'avait encore rien vu. Richard lui passa au doigt l'anneau d'or fabriqué avec le sourire de la princesse Lunelle. Il couronna sa tête d'un diadème ayant la forme d'une grande étoile de lumière. Il la para d'un collier qui rutilait comme une rivière de diamants mais qui se composait d'yeux rouges de turlupics. «J'ai toujours rêvé qu'on me donne un collier d'yeux de turlupics!» balbutia Mireille, tremblante d'allégresse.

Richard, maintenant sûr de lui-même, prenait plaisir à multiplier les enchantements. Il sortit du coffre la somptueuse fourrure noire du luneau et l'étala sur la table, avec désinvolture, comme s'il s'agissait de la peau du premier luneau venu. «J'ai toujours rêvé qu'on me fasse présent d'une fourrure de luneau», murmura Mireille, au bord des larmes, n'arrivant plus à contenir tant de bonheur.

Radieuse, enveloppée dans sa longue chevelure de flammes douces, elle se jeta au cou de Richard qui l'embrassa sur les yeux, les joues, la bouche et l'étreignit passionnément.

Mais elle se dégagea promptement et lança, primesautière: «Vous prendrez bien une infusion avec moi? J'étais justement sur le point de m'en servir une, délicieuse, aux épices et aux mandarines...» Richard fit signe que oui en ajoutant: «J'accepte volontiers mais auparavant, étant donné que c'est le temps des fêtes, nous allons trinquer en buvant quelques gouttes d'un petit cordial dont vous me direz des nouvelles!» Il sortit du coffre la bouteille rouge en forme de cloche qui contenait l'AMOROSO; il s'en servit et en offrit un verre, avec un petit sourire narquois, à la belle rousse qui dégusta cette liqueur sans savoir qu'elle venait de boire un philtre ayant la propriété de sceller les unions pour mille ans et un jour.

Table des matières

Achevé d'imprimer
en mars mil neuf cent quatre-vingt-trois
sur les presses de l'Imprimerie Gagné Ltée
Louiseville - Montréal.
Imprimé au Canada